Storytellers

09

IL MORBO

Gian Ruggero Manzoni

Quondam Books

© 2002, 2016 Gian Ruggero Manzoni
© 2016 Quondam Project, Internet

Quondam Books
1ª edizione ebook | novembre 2016
1ª edizione print | febbraio 2019

Quondam Books è un marchio di Quondam Project

cover design | L/B
immagine | Vladimir Borozenets | Shutterstock

ISBN 978-88-97728-68-9

quondamproject.com

INDICE

IL MORBO

Ai tanti patrioti
che sono morti per l'Italia

Ho scritto, con artificio, di uno scritto già scritto nel vero, verso la metà dell'Ottocento a Rio de Janeiro, divenendone in qualche modo parte, azzardando e filosofando, con la stessa voce dei protagonisti, cogliendo quei tempi sonori e quei modi sintattici, per narrarne vicende vissute, notizie, oppure leggende popolari.

Come Luigi Compagnoni, mio compaesano, e fra Martin de Campinas, umile vergatore, sono anch'io entrato nel labirinto del Minotauro, per coglierne o per confutarne l'esistenza; oppure ho tentato, come già fece nel 1957 Quinto Bertini, fornaio a Passogatto di Lugo, di ritrasformare il pane in grano. Quinto, a titolo di cronaca, ci riuscì, anche se poi gli diedero del matto, perché alchimia giudicata dai più bizzarra e non necessaria.

Quanto a me, non lo so, ma poco importa. Fatto sta che sul narrare altrui ho narrato, e ciò mi ha divertito o appassionato: valore non da poco in tempi tristi come questi, ancora preda della peste, o di chi si traveste da buono e da sano, seppure nell'animo e nel dire malato.

Per il quadro storico rimando alla *Nota conclusiva*, in cui ritrovarci, autore e lettore, per dare voce alla realtà dei fatti.

Gian Ruggero Manzoni

I

«Que bon! Que bon! Peixe freisco!»

E quella nera, che gridava per metà in portoghese e metà in spagnolo da bettola, prese il cordone del frate e lo tirò, alitandogli in faccia aglio e birra di cocco fermentato, il bere dei miserabili. E ancora, sballottando il mingherlino religioso avanti e indietro, forte della sua stazza da donna di fatica: «Que bon! Adquirir!».

Pulviscolo e polvere gialla ristagnavano nell'aria e ogni figura appariva deformata, a riprova che il male fisico del mondo non è inferiore a quello morale.

Fra Martin de Campinas resisteva all'attacco, con pazienza, cercando di far capire all'anziana pescivendola che andava di premura, perché richiesto da un moribondo. La nera non mollava la presa, doveva a tutti i costi vendere il suo pesce rancido, pescato chissà dove e chissà quando, dalle striature verdi e dagli occhi biancastri e viscidi, come il seme dei maschi.

«Non ho denaro con me!» urlò il religioso. «E poi non sai che è vietato vendere alimenti per la strada? C'è la peste, la gendarmeria ha proibito il commercio ambulante. Per favore, lascia che io me ne vada.»

Al sentir nominare la peste, la vecchia mollò il cordone e si abbandonò a una rassegnata prostrazione, scivolando con l'enorme corpo sui gradini della fontana che le serviva da banco per la vendita. Fra Martin ne approfittò per riprendere a camminare, mentre la femmina biascicava fra sé: «Mio fratello e mio marito sono andati con la peste, che anch'io mi sento ardere, che ho l'anima di zolfo... mio fratello e mio marito, che non ho più gente che mi aiuti. Dio è impotente davanti all'oscuro». Poi si alzò in piedi di scatto e, come folle, immerse la testa nell'acqua della vasca e restò così, abbandonata, fino a quando non sentì i polmoni spaccarsi. Allora stramazzò indietro, flaccida e grigia come un capodoglio arenato, sussurrando appena: «Que bon, que bon... peixe freisco».

La gente attorno evitò di toccarla e si allargò nel panico. Chiamati, giunsero due addetti dell'Amministrazione, con i loro lunghi grembiuli di tela di sacco. A fatica la sollevarono. Il frate, che era ritornato sui suoi passi, la benedisse, per avviarsi di nuovo verso rua do Samitra. Non c'era tempo per dedicarsi a tutti i poveri che nelle piazze e nelle strade si lasciavano alla morte.

Giunto al palazzetto il monaco bussò, si appoggiò alla porta con ambedue le mani, e poi con la fronte, lasciandovi il suo sudore. Una creola di bell'aspetto e dai modi distinti gli aprì e lo fece accomodare. «È di sopra, fratello» disse la donna «venite che vi accompagno. Perdonate il disordine, ma la peste non concede tregua. La peste, oltre che gli uomini, si mangia anche il tempo.» Fra Martin annuì. Il tempo non era più il tempo degli uomini, ma il suo...

Lentamente salirono le strette scale e giunsero nella stanza dove giaceva il malato, una stanza spoglia, con una sola stupenda pelle di giaguaro appesa alla parete davanti al letto.

Alla vista del religioso, l'infermo appoggiò su di una sedia che fungeva da comodino la lucente conchiglia che si stava rigirando davanti agli occhi, e bruscamente disse: «Fatti avanti dall'ombra della porta. Voglio vedere la faccia del mio testimone».

Il frate, non senza imbarazzo, avanzò, e si mise al capo del giaciglio, abbozzando un sorriso. La creola intervenne, a toglierlo dall'impaccio, non senza prima aver preso una mano del morituro fra le sue: «Fratello» disse «vi ho preparato quel tavolino e quello sgabello che spero possano andar bene per il vostro lavoro. Ditemi se vi serve dell'altro. Noi non abbiamo penna e inchiostro in casa».

Un poco sollevato, il frate rispose: «Non vi preoccupate, vanno benissimo, ho io il necessario per scrivere». E, dalla cartella in cuoio che aveva a tracolla, estrasse un calamaio a stantuffo, uno stilo a punta di metallo e fogli di carta di banano arrotolati e tenuti assieme con una fettuccia rossa, che depose sul banchetto.

Anche fra Martin, sebbene persona di grande timidezza, aveva approfittato di quell'incrocio di sguardi, per studiare l'uomo che gli stava innanzi. Questi era tarchiato, di robuste membra. La testa era di antico stampo, completamente rasata, con ossa prominenti e zigomi duri, così che gli occhi, protetti dall'architettura del volto, erano infossati ancor di più dal malanno, e brillavano di un chiaro perla, inquietanti, perché l'uomo era di pelle abbronzata e cotta, segnata dai solchi dei tanti giorni passati al sole, e infine dal morbo. Aveva, invece, due orecchie piccole, non certo in proporzione col resto e bocca dalle belle labbra, barba rossa e rada portata sul mento, più per vezzo che altro, alla maniera di certi francesi che campavano di malavita negli anfratti bui del porto. Una sottile cicatrice gli tagliava di netto il sopracciglio destro e la narice sinistra del naso robusto pareva bruciacchiata, o come rosicchiata dai denti di un topo.

Altro particolare che non passò inosservato al giovane frate era come le sue mandibole si incastrassero nel cranio non con morbidezza, come avviene di solito in natura, bensì ad angolo retto, come ostentano le bestie carnivore, di modo che la testa pareva affiorare da un blocco di pietra, appena appena abbozzata dallo scalpello di uno scultore indigeno. E le mani. Due mani molto grandi davvero.

Il malato, rivolgendosi alla creola: «Puoi andare, Jolanda, che questo frate non è un signorino. Mi va bene. Lasciaci soli». E, rivolto al religioso: «Fai presto, siediti e apparecchiati, che il tempo è poco e la scrittura ne richiede parecchio».

Fra Martin, preparata ogni cosa e imbevuta la penna nell'inchiostro, gli disse: «Quale apertura del verbale, devo porre l'entrata d'obbligo. Perciò portate ancora un poco di pazienza, che poi sarò a vostra completa disposizione». L'infermo fece cenno con la mano che il frate procedesse. Ripresa la lucente conchiglia, se la mise di nuovo davanti agli occhi, e cominciò a canticchiare fra i denti un motivo che, a primo udito, richiamava una marcetta militare, o una ballata popolare.

Rio de Janeiro, addì 29 maggio 1849

Sotto il Regno del Nostro Imperatore Pedro II e nella Grazia di Sua Santità il Pontefice Romano Pio IX, a cui il nostro pensiero va con Somma devozione, quale umile vergatore, fra semplice Martin de Campinas, di anni ventidue, della Sacra Confraternita dei Consolatori, mi accingo, in questa casa di rua do Samitra, posta a lato della Chiesa della Santissima Annunciata, al numero civico 178, a raccogliere gli ultimi volontari raziocinii di tale Luigi Compagnoni, italiano di venuta, colpito da Peste delle Viscere, o Collèra, portata in Rio da un vascello olandese quattro mesi fa attraccato, che miete vittime a numero di cento il giorno, favorita dall'estre-

ma siccità di questi ultimi due anni; e dalle scarse igieniche prevenzioni dei quartieri alti e delle fognature. In piena Carità Cristiana e senza forzare, come da ordine e da precetti scelti dai Cappuccini della nostra consorteria, mi limiterò ad accettare e a verbare il racconto del suddetto Compagnoni; per poi impegnarmi a inviare lo scritto a chi egli deciderà d'inviare, come narrazione del suo travaglio di mortale in attesa di Giudizio Divino, così come d'interessarmi a fare avere i suoi crediti a chi gli parrà d'uopo. In tale compito ogni mia Credenza sarà distaccata per impegno dall'idea del moribondo, fino a non forzarlo, se deciderà di non prendere i Santissimi Sacramenti. Già molto è infatti che egli abbia scelto il Nostro Conforto quale ultimo atto di vita. È per noi un Dovere assoluto assecondare le richieste e i comandi del suddetto. In piena e disponente Fede in Cristo Re dei Mondi, accompagnerò codesto uomo fino all'ultimo respiro, cibandomi con ciò con cui si ciberà e riposandomi al suo capezzale allorché riposa. Con Estrema Dedizione di Voto, il sottoscritto fra Martin de Campinas, verbalista e scritturale. Segue dichiarazione.

Redatte quelle righe a voce alta, il monaco si rivolse al Compagnoni: «Se volete, potete incominciare. Sono pronto e al vostro servizio».

Il malato di nuovo piantò gli occhi addosso al religioso: «Bene, frate, inizia in questo modo... Io, di nome Luigi e di portanome Compagnoni detto Manaccia, perché di mani grandi, sono nato di sette mesi da Giovanni e da Bruna Gambini il 22 dicembre del 1814, in parrocchia di San Lorenzo in Selva, località di Lugo di Romagna, Legazione Pontificia di Ferrara, Italia del settentrione. Non avendo capacità di scrivere e perciò di leggere, fui avviato al mestiere di canapino, cioè di annodatore di canapa per funi, che feci fino al gennaio 1831. La mia infanzia fu di patimenti e di stenti, allietata unicamente dai bagni presi nel fiume Santerno, che lambisce la mia casa paterna, e dai giochi di trottola e di rincorsa con gli amici di allora. Mio padre Giovanni combatté con l'imperatore Bonaparte nel Battaglione Italiano, e si distinse anche nella ritirata di Russia, portando una ferita, una decorazione e gradi sul campo, che di lui mi ricordo la frase: "Non devi sottostare ad alcuno, se non della tua stessa convinzione politica, e a questi dare anche la vita per gl'ideali di Comunanza, Fratellanza, Uguaglianza, Libertà e Ardore Repubblicano". E, frate, questi valori mettili in grande, così che si leggano bene. Divenni ben presto un liberale antipapista, contro il Governo del Vaticano che ci stringeva la gola e ci soffocava, fino a combattere a sedici anni nei moti del febbraio 1831, sotto le insegne del già Colonnello napoleonico Giuseppe Sercognani, che volle marciare dalla Romagna e dalle Marche contro Roma e il Papa Gregorio XVI, chiamato "il Tiranno". Eravamo circa duemila uomini, uniti dal solo pensiero di cacciare gli austriaci dall'Italia e creare una sola nazione, dalla Sicilia alle Alpi: anche se con dialetti e usi diversi, comunque uniti e affrancati nel cuore. E senza istruzione, noi più umili e miseri, si poteva lottare al fianco di borghesi e aristocratici, coi quali solo lo spirito di fratelli, che una Nobile Idea, e anche questa mettila in grande, che una Nobile Idea rende alla pari. Ci aprimmo con quella veemenza la strada, e al suono delle fucilate, mangiando polvere e sputando saliva e sangue, giungemmo alle porte di Rieti. Avevamo liberato Fano, Senigallia e Ancona, oltre che i galeotti custoditi in Pesaro e nel forte di San Leo, i quali, sebbene non del tutto affidabili repubblicani, si misero a nostra disposizione. Sotto Rieti, travolgemmo dodici compagnie di austriaci papalini e avanzammo ancora. C'era chi, senza fucile, combatteva con roncole, falci e coltelli da caccia. Noi si urlava come degli animali, per farci coraggio, caricando e caricando, nella forza della giovinezza e della ragione. Da isolati, che nel centro dell'Italia tutto si andava a chiudere attorno, procedevamo ignari. Il Ciro Menotti sapemmo poi che era già stato arrestato dal Duca di Modena, traditore e servo dei potentati stranieri, il quale lo condannò all'impiccagione, mentre i Carbonari di tutte le Legazioni, così ci chiamavamo, ancora si gettavano incontro alle pallottole gridando il suo nome: "Menotti! Menotti! Sotto! Sotto! Alla baionetta!". Ma le mura di Rieti ci furono fatali. Dopo attacchi ed attacchi che fui ferito tre volte, e tre volte mi rimisi in piedi, e così molti lottavano con la testa grondante sangue o sfigurati dalle cannonate, dovemmo ritirarci l'11 marzo di quell'anno infausto, e riparare a Rimini. Intanto gli austriaci papalini si rinforzarono, anche se noi uccidemmo molti Carabinieri Pontifici, che qua e là intralciavano con atti di agguato la nostra marcia di ritorno. Assieme a me, e scrivi ben visibili i nomi, che se lo meritano, oltre al Conte Giacomo Maria Manzoni, mio coetaneo e per il quale in San Lorenzo lavoravo, c'erano Bassi detto Mengone, Centolani il figlio del

Gobbino, Crespi detto Crispetto, Gherardi detto Parisino, e ancora li ho tutti davanti; poi Martoni detto il figlio della Gagia, Rossi con cui seguitai qui in Brasile a combattere, Biancucci detto l'Orfanello, Foschini detto Cannarello, Ferretti il figlio del Fabbrone che sempre aveva la pipa in bocca, Mongardi detto Trabone dal gozzo come una cipolla per la troppa polenta che in vita sua aveva mangiato. Poi Casadio, morto a Rieti, Zanardi, dal panciotto trapuntato, morto a Spoleto, Toschi detto il Toschino, che combatteva con il fazzoletto in mano e a ogni austriaco che infilzava ci ripuliva la lama; quindi Bedeschi Domenico detto Mingone, che aveva una morosa bella come una Madonna, Fabbri morto a Pesaro, Zanzani, che si caricò sulle spalle due dei nostri feriti e se li portò per cinque chilometri di strada, Silvagni detto il Maestro, Tampieri il figlio del Morone, che faceva il birocciaio tra Massa Lombarda e Imola, quindi Liverani il figlio del Bottaio, tutti di Lugo o di quelle località. E con noi una ventina di italiani del Meridione, accorsi per la causa comune, che molti di loro morirono fra le nostre braccia, anche se non ci conoscevamo, ma pure uniti e del nostro sangue. A Rimini ci battemmo fino all'ultima pallottola, che si cadeva da ambo le parti come mosche, poi ognuno per la sua strada, sconfitti e umiliati, che il Colonnello Sercognani rifugiò in Francia, il Manzoni, con una taglia sulla testa, s'imbarcò per non so dove; ma io, nonostante il suo invito, da testardo non lo seguii, così che coi restanti mi diedi alla macchia, nelle campagne o sull'Appennino, da irriducibile. Ben presto fummo tutti presi, soprattutto a causa di spiate, e tanti di noi impiccati sulle pubbliche piazze di Romagna e Marche, o ghigliottinati dagli sgherri del Papa, oppure istradati, dopo processi sommari, verso i bagni penali, che infine io giunsi a quello di Civita Castellana di Viterbo, e lì messo alla catena d'isolamento. Nelle celle vicine altri romagnoli, come Cantarelli di Forlì, Bettini, anch'egli di Forlì e con il quale seguitai a combattere in America, come pure Zambelli, già evaso dalle carceri di Bologna, e Lombardi detto Pirinino, e Moriani detto il Sarto, poi anche gente di Fognano, Cervia, Forlimpopoli, Cesena, Rimini, Meldola, Faenza, Brisighella, Alfonsine, Mezzano, Torri e un po' d'ovunque, che solo i romagnoli potevano legarsi assieme in quel modo, e chiamarsi italiani fra gl'italiani».

Detto questo il Compagnoni si lasciò ricadere sui cuscini, perché per la foga si era piegato in avanti, facendosi forza sui lombi. Fra Martin depose la penna e si portò la mano destra alla bocca, in un gesto di meditazione, poi con le dita iniziò a strofinarsi le labbra, mentre gli occhi tornavano su quel che aveva scritto. Venne interessato dal frullo d'ali di una cocorita la quale, dall'armadio posto a lato della porta, volò sulla testa dell'italiano e iniziò a sfregare il beccuccio sulle lentiggini da cui era segnata. Solo allora il frate si avvide che le piccole macchie, nel loro intreccio, creavano le forme di una stella, al centro della quale saltellava l'uccello, vibrante e ignaro della sorte del suo padrone.

Dal piano terra giunse Jolanda con un vassoio. Due erano le tazze di brodo e due le pagnotte che recava. Il malato bevve tutto d'un fiato. Fra Martin, invece, si portò la ciotola alle narici e ispirò profondamente l'aroma che il liquido emanava. Limone contro la dissenteria, avocado per i bruciori di stomaco, un pizzico di farina di mais per raschiare la lingua dall'impasto, estratto di petto di pollo e bianco d'uovo.

La creola con dolcezza disse: «È la sola pietanza che Luigi riesca ancora a mangiare. Sono ormai sette giorni che va avanti così. Felícita, la cocorita, gli fa compagnia come una fidanzata. Pare che sappia quando porto su il pane, che prima che arrivi si è già preparata per averne le briciole. Ci ha seguito in volo dalla Serra, quando si combatteva lassù. Avrà dieci anni. I pappagalli non muoiono mai, perché incarnano le anime dei bambini nati senza vita, che neppure la prima luce hanno visto, così che dall'acqua della madre sono passati all'acqua della morte a occhi chiusi, non vedendo neanche per un attimo il sole».

Il frate sorbiva l'intruglio a minime boccate e faceva di sì con la testa, dando ragione a Jolanda, perché sapeva di quell'antica leggenda. D'improvviso, il Compagnoni portò le braccia al ventre e se lo strinse al punto che, contraendosi, mugolava dalla sofferenza, e gocce come chicchi di melagrana apparvero sulla fronte, incanalandosi lungo le tempie verso il collo taurino e venoso. Si succedettero alcune scariche diarroiche, e la creola dovette mondarlo e cambiargli il letto. Fra Martin, visibilmente scosso, aiutò Luigi a sollevarsi, e: «Fatevi forza» gli mormorò «fatevi forza, che presto guarirete». L'italiano, bianco e strizzato come un cencio, di nuovo piantò gli occhi in quelli del religioso e sibilò: «Smettila, frate, con queste sciocchezze, che già so, e non m'importa guarire». Poi, rivolto a Jolanda: «Fai presto, che non sopporto il fetore del ventre e ancor meno il mio di fetore».

II

Vista l'impossibilità di dargli una consolazione non cercata, il monaco si rimise a sedere sfogliando le carte e neppure si avvide che l'infermo aveva ripreso a narrare, così che dovette domandargli che cosa avesse detto, ma l'italiano continuava a parlare, al punto che il frate, il più velocemente possibile, con sospensione d'inizio, ricominciò a scrivere. «... inutile dire che l'uomo, ogni giorno, si toglie uno strato di pelle dal volto, così che ha sempre nuove sembianze, ma il pelo sul cuore rimane immutato. Pane raffermo e acqua, un poco di broccoli, cicoria, qualche patata, mai carne o pesce, che del pesce vado matto, anche mangiato crudo, così come non vedemmo per anni il Tricolore... e mettilo con la lettera grande!... dei cui colori solo i nomi, verde, bianco, rosso della Repubblica Cispadana, e poi dell'Italia di Murat, che il Compagnoni di Lugo, ma non mio parente, diede come simbolo alla nostra Patria. Il Tricolore, del quale non conosco le tinte, perché ho gli occhi da sempre infetti da una malattia che non fa distinguere i colori, se non per grigio e viola, come mi ha detto un medico di Bologna, il Severoli, anch'egli prigioniero a Civita Castellana. Grigio e viola, che poi non so distinguere fra loro, anche se so che si chiamano tali, considerato che dei colori ho sentito solo parlare dagli altri, che fino a quel momento pensavo vedessero come me. Un mondo, il mio, diverso dal vostro, ma pur sempre una stessa realtà che ci accomuna, anche se nel diverso pitturata.»

Così dicendo il Compagnoni batté sul braccio di fra Martin, che depose la penna, e, sempre guardandolo in faccia, con quelle sue pupille chiare e taglienti, lo apostrofò quasi con sfida: «Se vuoi renderti utile, frate, è venuto il momento. Prendi il vaso che sta in quell'angolo e portamelo, che devo urinare».

Il monaco si alzò e andò, non senza avere emesso un sospiro.

Nonostante gli sforzi, al Compagnoni non usciva goccia, e bestemmiò. Prese la brocca dell'acqua e a quella si attaccò, bevendo e bevendo fino a sbottare: «Se non mi esce, almeno che entri! Vedi, frate, in quali condizioni mi trovo? Osserva come rispondo all'incapacità e all'impossibilità: alimentandole, che il fisico, e lo stesso valga per la mente, si ritrovi sotto sforzo, e sotto sforzo ancora, al punto che dovrà prima o poi reagire, questo maledetto, che se non piscia lui, io gli pompo acqua dentro fino a farlo scoppiare!».

A fra Martin ritornò alla mente la scena della piazza. Ricordò la grassa nera e il suo tuffare la testa nell'acqua, al punto da crollare, e azzardò: «Perché farvi del male, quando già il male è tanto e la sopportazione difficile da sostenere? Calmatevi, che ora non siete più solo e non dovete provare alcunché: né a voi né a chi vi sta di fronte».

La frase giunse al Compagnoni come una frustata al suo orgoglio, anche se in tono pacato e rispettoso. Scaraventato contro il muro il pitale di coccio, che andò in cento pezzi, soddisfatto dal tremito che aveva invaso fra Martin, tuonò: «Per me il lottare è vizio, come è vizio il tuo confessare e dare di penna. Datti dunque da fare, che forse saprai il perché del mio astio».

Felícita, impaurita dal baccano, si era rifugiata di nuovo sull'armadio. Ancora si disposero per la dettatura, ma, stranamente rasserenatosi, il Compagnoni fissò per qualche istante lo scrivano e sorrise. Un sorriso che al frate, sempre più confuso, parve fosse di compiacenza, o forse, ancor meglio, di consapevolezza.

Le parole del malato ripresero. «A Civita Castellana ci davano, tolteci le catene, un'ora d'aria ogni tre giorni e si dormiva sulla paglia sudicia, come i maiali. Avevamo piaghe putrescenti ai polsi e alle caviglie, di sempre infette, e neppure sputandoci sopra e spargendovi saliva si riusciva a lenire il bruciore. La febbre e l'arsura, come ora, erano di continuo, che molti compagni morirono davanti a me, senza che potessi fare niente, e il cuore mi sanguinava, e la testa mi scoppiava dalla rabbia. Il tutto, dai carcerieri e dai prelati, lo si faceva passare sempre e comunque quale volontà di Dio e come giusta espiazione per averlo sfidato nella persona del Pontefice. E in detta maniera, come ultima voce in quel coro di buffoni, parlava anche quell'ipocrita del cappellano della prigione, quando passava una volta alla settimana e ci chiedeva se volevamo rinnegare i nostri ideali, convertirci e ribattezzarci, come se lottare per la giustizia e contro le nefandezze perpetrate dal potere non fossero princìpi anche di Gesù il Nazareno. Ma nessuno di noi gli diede mai soddisfazione, e così anche ai giudici ecclesiastici, quando c'interrogavano per sapere nomi, complicità, luoghi di riunione delle Società Segrete, che piuttosto si preferiva crepare, ma non tradire. In carcere molti di noi aderirono alla Giovane Italia del Mazzini, che da Marsiglia istigava alla sommossa. Anche se le notizie giungevano male, dai nuovi arrestati ascoltavamo felici e furiosi le parole di quella guida, che eran da sempre il nostro credo. Un'Italia unita, forte, priva di stranieri, indipendente, repubblicana, nella quale i ladri di stato e i boia dovevano venire attaccati per il collo e davanti al popolo impiccati. A me caddero, causa le percosse, alcuni denti e mi spaccarono anche le costole a suon di calci e pugni, quando gridai: "Viva Mazzini! Abbasso il Papa! Vi faremo la pelle, porci!". Ma, nonostante le botte, lo ripetei e lo ripetei fino a quando non svenni, quasi che il dolore m'incitasse ad aver più coraggio. Maiali e sgherri dei preti! Ferocia di quelle puttane mercenarie che siedono in Vaticano!» Il Compagnoni dovette ancora fermarsi. La tosse lo prese e sboccò catarro. Felícita gli si riposò sulla testa, carezzandogliela col becco. La sola cosa che risaltava su quel cranio, ormai divenuto color della cenere, era la stella di lentiggini che, per chissà quale giro di sangue, si stagliava bluastra. E ciò inquietò ulteriormente fra Martin.

Il malato ricominciò con impeto: «Certo! Sono dei porci, con le loro papaline e con le loro mantelline, nei loro costumi da teatro. Ma presto salteranno in aria, come i nobili austriacanti, i padroni malvagi e i sudici borghesi votati solo al denaro. È stupendo resistere, mio caro frate, anche se ormai pensi che tutto sia perduto o proprio allora. È grande l'uomo in questo. Grande. Sia egli fedele a Cristo o alla libertà».

Ancora tossì, sputando sangue. Le sue parole avevano colpito il religioso, il quale si trovò a scrivere su quello stesso verbale quanto segue: "Dallo spavento che, con la sua feroce collera, l'italiano m'insinua, perché della violenza non riesco a reggere alcuna manifestazione, egli, allorquando affronta con visibile sincerità il discorso della fede, mi porta al turbamento, quasi che vicino a lui mi trovi a ondeggiare fra brutalità e alto spirito di esistenza. Se non riesco a intendere e a giustificare i suoi gesti, invece credo di comprendere ciò che nel suo cuore alberga d'ideale, anche se di certo un ideale opposto al mio, perché io timorato e riconoscente alle Gerarchie della Santissima Chiesa di Pietro, le quali, per tali mie considerazioni, mi abbiano a perdonare".

Mentre il frate frettolosamente si segnava la croce, il moribondo ancora bevve, ma, ormai saturo d'acqua, vomitò. Disgustosamente sporco di sé, eppure con una sua nobiltà che la bava vischiosa e nerastra non cancellava, quel morente si aprì in un sorriso: «Mi piaci, frate. Sei uomo semplice e non ti formalizzi. Io ti osservo, sai? E, del tuo essere, niente mi sfugge, anche se sto per morire. Sei uomo delicato e di generosa dedizione. Sono perciò contento di rivelare a te la mia storia. Sono felice che tu sia il mio ultimo tramite con il mondo. Quando seppi della vostra confraternita e delle opere rivolte al mantenimento della memoria dei moribondi, anche se con la Chiesa non ho alcunché da spartire, se non ingiurie e bestemmie, così come con i tiranni e i potenti, dissi a Jolanda di chiamare uno dei vostri, e tu mi sei capitato, che non avrei potuto sperare di meglio». Ancora il Compagnoni sorrise al religioso: «Un frate e un mangiapreti, bella coppia! Unicamente accomunati dalla morte».

Si asciugò il sudore con il palmo della mano; quindi, appoggiato il braccio destro sullo scrittoio e indicata la penna che il frate faceva correre sulle carte, mormorò: «Se fossi stato buono di scrivere, forse non ti avrei chiamato, ma di certo mi sarei privato di questa ultima soddisfazione. Ciò che i tuoi pari sacerdoti o i tuoi caporioni non ti dicono, te lo dirò io, e tu non potrai sottrarti e chiudere occhi e orecchie, come siete soliti fare quando il discorso non vi suona bene. E voglio che tu possa verbalizzare con esattezza, come se fossi il mio strumento e il mio pugno. Scritto da un prete, l'agire e il capire di un miscredente...! In Italia questo non sarebbe potuto avvenire. Solo qui, nel Nuovo Mondo, certi lussi ci vengono concessi, e anche per esso io sto dando la pelle».

III

Il silenzio cadde nella stanza con una pausa carica di significati e di singoli struggimenti, che piano si andarono a raccogliere in quel picchiettare di Felícita sui punti lentigginosi che davano sostanza alla stella. Un battere e ribattere. Quasi un bussare alla mente. Il malato si portò ancora le mani alla fronte per asciugarsi il sudore copioso. Le mani, grandi mani davvero, andarono a premere le tempie, perché i pensieri potessero venire a galla, quale spurgo, nel ricordo, di una coscienza travagliata. Le ombre della sera si stavano avvicinando. In strada si udivano le voci degli addetti dell'Amministrazione Civica, che chiedevano urlando se qualcuno fosse morto, per provvedere a farne prelevare le spoglie. La cantilena del portoghese coloniale, più dolciastro di quello parlato a Lisbona, pareva una ballata amorosa.

«Odi? Odi questi urli che si ripetono e si ripetono? Tra non molto i becchini verranno anche qui. E brava Jolanda, finora non ha fatto entrare che te, sebbene quei beccamorti abbiano già bussato due volte. E brava Jolanda, peccato non l'abbia mai sposata con rito civile. Quando la incontrai a Salvador de Bahia, in un lupanare gestito da colombiani, capii subito che sarebbe stata la mia donna per la vita, che da lì, non appena la rivolta scoppiò, me la portai via e sempre mi ha seguito, sopportandomi e amandomi, come io l'ho amata e l'amo tuttora. Ma torniamo a Civita Castellana e a quelle ferite. Un giorno dell'agosto del 1836 venne a trovarci in galera un certo Vincenzo Savi da Spoleto, incaricato dal Governo brasiliano, tramite accordo con la Santa Sede, di concedere la grazia a chiunque avesse accettato di trasferirsi in Brasile a lavorare per l'Imperatore fanciullo Pedro II, dopo avere saldato il debito con il Vaticano e con la Società di Colonizzazione che organizzava il viaggio. I preti, come già aveva fatto il Regno di Napoli, vendevano i loro galeotti agli stranieri. I preti italiani vendevano degl'italiani, patrioti molesti, così da togliierseli di dosso e guadagnarci. Non si faceva distinzione se si era in galera per politica o per reati comuni, che tutto andava nello stesso canestro, e ci era chiesto anche di dichiararci volontari, così da scrollarsi il rimorso di averci venduto in realtà come schiavi. Comunque meglio l'ignoto che languire in quella galera. In molti accettammo e chi non era in grado di scrivere tracciò una croce. E di nuovo una beffa: dalla Croce incarcerati e con una croce esiliati. Venimmo poi a sapere che dietro la Società di Colonizzazione stava l'Arcivescovo e Metropolita per il Brasile e l'Angola, Romualdo Antônio de Seixas, già Presidente del Governo provvisorio della Provincia del Pará, sommo faccendiere della Banca Vaticana e trafficante di negri. Nonostante la fretta nel reclutarci e l'assicurazione che chi ammogliato e con figli avrebbe potuto portar la famiglia, l'ordine di scarcerazione, per avviarci a Civitavecchia all'imbarco, giunse solo nel novembre del 1836. Scortati dall'esercito e dalla polizia papalina, ci avviarono verso Roma con i ceppi ai piedi, per umiliarci di più. Infatti allungammo la strada di ben 150 miglia e furono molti gli strazi e i patimenti. Entrammo in città incolonnati quattro a quattro, che i manettoni che ci stringevano i polsi erano fra loro congiunti da funi, come le anelle dei piedi, che se uno cadeva gli altri ci andavano dietro. Si era in tempo di Natale e gli zoccoli che portavamo battevano sul selciato, e i cittadini ci sentivano a quasi un chilometro di distanza. Ma noi si stava a testa alta, sebbene i nostri volti non fossero uno spettacolo da giovinette, perché pieni di croste, vesciche e bubboni, che alcune si rifugiarono fra le gonne delle madri, mentre molti bambini furono istigati dai genitori a sputarci addosso o a infamarci come immondizia del creato. Ma noi sempre a testa alta, fino alle stalle della Caserma di Ponte Miglio, dove alloggiammo fin oltre il Capodanno, perché la nostra vista non turbasse gli animi pii, concentrati a rispettare le regole, le Messe, i Sacramenti... e i profumi che i polli arrosto e i capitoni nell'aria emanavano. Nelle scuderie di Ponte Miglio ne successero tante. Un certo Angelini, di Pieve di Cento, Legazione di Bologna, era stato assegnato a rassettarci i pagliericci, smanettato, ma sempre seguito da una guardia. Preso dal matto, il primo giorno dell'anno, che noi si stava ancora dormendo, accoppò il milite strangolandolo con le mani, che per fare questo ci vuole molta forza o molta disperazione nel corpo. Poi, raccattato il fucile e messosi la sciabola alla cinta, ci urlò a tutti, che noi sobbalzammo: "Per dominare il proprio sangue bisogna averne! L'eroe disprezza la morte e il santo disprezza la vita! Io sfido i proiettili e loro non mi uccideranno, fino a quando il mio agire sarà indispensabile! Io non ho compassione, perché chi ce l'ha sempre ammazza qualcosa dentro di sé! Avanti allora, fratelli miei, che qui si dà il tutto per tutto!".

«Cominciò a liberare i prigionieri a lui più vicini, e questi, sebbene fiacchissimi, si buttarono in piedi, pronti a vendere cara la pelle. Richiamati dalle grida dell'Angelini, arrivarono due poliziotti, che furono subito stesi. Qualcuno dei nostri abbaiò: "Buon anno, e buon anno anche al Papa!"».

«E intanto l'Angelini scioglieva altri, i quali si armarono degli schioppi dei soldati caduti. Furono quattro i militi che giunsero appresso, e questa volta aprirono il fuoco per primi, ammazzando tre dei nostri compagni. Altri e altri soldati arrivarono, che noi, ancora ai ceppi, ci sdraiammo piatti al suolo, per non essere presi dalle pallottole. L'Angelini morì a spada in mano, urlando: "Ditelo a mia madre!"».

«Mentre gli altri rivoltosi, scaricate le armi, si gettarono col petto verso i papalini, i quali, impavidi, fecero il tiro al bersaglio. Avemmo sette morti e dimezzate le razioni di pane. Non contenti di quella batosta, Zamboni e Dolcini di Faenza, due giorni dopo, approfittando di un momento di disattenzione delle guardie, fecero lo sgambetto a una di queste, un giovincello. E, nel frattempo che il Dolcini gli spaccava il collo, usando la catena che aveva ai piedi, lo Zamboni fece fuoco su un altro gendarme, mancandolo. Trascinati nel cortile della caserma e inchiodati ad un muro, vennero fucilati all'istante e quindi portati via, che mai si seppe il luogo dove i cadaveri furono sepolti. Dopo l'Epifania del 1837 riprendemmo la marcia. Di nuovo passammo per i quartieri centrali dell'Urbe che, da presenza scomoda, si era diventati esempio concreto della Giustizia Vaticana, a monito di tutti coloro intenzionati a imboccare la via della ribellione o del crimine comune. Al Largo dell'Obelisco, Francesco Della Casa, un amico di Bagnacavallo, stramazzò a terra, perché non ce la faceva più dalla piressia e ansimava come un vecchio asino dal carico troppo pesante. In due ci slanciammo nel tentativo di sollevarlo, ma il frustino di un cavalleggero ci dissuase, che tutta una fila di uomini per lo strattone cadde nel fango, e anche noi giù, con la faccia nello sterco sparso un po' su tutta la piazza. E il Della Casa provava a rialzarsi, ma ricadde giù ancora, che altri cinque lo seguirono nel pantano, mentre gli aguzzini ci puntavano alle reni le canne dei fucili gridando di non fare scena e rimetterci in quadro, che infine, capitatomene uno a tiro, lo smusai con un gomito, che si ribaltò e dal naso buttava sangue. Tre mi furono addosso e a calci e ginocchiate mi fecero volare come uno straccio, che Ignazio, il figlio del Trabaghino di Porto Corsini, si buttò in mezzo e, per l'impeto, un'altra fila dei nostri precipitò, che si bestemmiava da ambo le parti, mentre solo da un lato partivan le botte. Non ci ammazzarono, perché eravamo ormai merce di scambio, e ne avevano perduti già nove. Alla fine slegarono Francesco, e due sgherri se lo misero sotto le ascelle e lo portarono via. Intanto noi ci si era calmati, anche se fra i denti gli mandavamo dei cancheri in romagnolo, che quelli, capendo fra il sì e il no, per pareggiare ci presero a calci, e noi ancora a mandare accidenti e insulti alle troie delle loro madri, e così per un pezzo, fino a che trattenemmo il fiato, perché più non ce n'era se non per camminare.»

Il Compagnoni riviveva quei momenti come reali, e fra Martin se ne avvide, e stava per alzarsi a quietarlo, ma il moribondo lo parò con la mano e intimò: «Risiediti e scrivi, che questo è importante. Metti a verbale ogni cosa che ascolti, che il mio vero carattere abbia ad uscirne. Da parte mia sono felice di ricordare, che la memoria non mi fa ancora danno, e la peste non riesce a domarla, e ciò mi conforta. Risiediti e scrivi, che siamo solo all'inizio.

«A fine gennaio del '37 giungemmo, con i geloni ai piedi e le membra intirizzite, al porto di Civitavecchia. Da anni non si aveva un inverno così rigido nel Lazio, che anche sulla costa il clima era pessimo e la gente si dava da fare per accaparrarsi legna da ardere. Arrivati sulle banchine d'imbarco, che eravamo sempre inquadrati e legati, cominciò a nevicare. Dovevano essere le tre del pomeriggio, perché il rancio ci era stato dato a Torre Marangone che dista una decina di chilometri dalla città. Alcuni di noi, senza aspettare l'ordine, si buttarono a corpo morto sui massi della palizzata, e di nuovo altri, che stavano ritti, furono trascinati; ma le guardie non fiatarono che anche per loro il gelo era duro da digerire. Molte si rinchiusero nella baracca dei facchini, dove andava a pieno regime uno stufone, che solo le burbe restarono a piantonarci, comandate da un Tenente di primo pelo, che voleva far lo zelante. Per fortuna c'era calma di vento perché non esistevan ripari, che se fosse spirata la tramontana morivamo tutti congelati. I fiocchi cadevano lenti lenti, e parevano fazzoletti che era struggente guardarli andare a posarsi sulle acque della cala, e per un poco resistere, per poi farsi divorare dal mare. L'ufficiale intimò una conta. I nostri stesi si dovettero rialzare, e molti non ce la facevano, anche perché appesantiti dal sacco che conteneva i vestiti civili, i miserrimi effetti personali, la gavetta, un pastrano di tela incerata, che però, nonostante il tempo inclemente, ci venne vietato di indossare e, per finire, i ceppi di riserva, che avremmo dovuti consegnare al secondo della nave, perché natante non attrezzato a imbarcar galeotti. L'appello lo si doveva fare, per regolamento, con le mani libere e con il bagaglio in vista, tenuto sotto il braccio sinistro, mentre il destro lo dovevi levare quando giungevano al tuo nome e al tuo numero da carcerato, così che gridavi: "Cosciente e sano!".

«E loro procedevano nel contare, che, se non rispondevi a tono, erano cazzotti e ceffoni. Il Tenente era entrato con gusto nella parte del caposecondini anche perché il Capitano capocolonna si era dovuto recare alla Caserma Giulio II, per prelevare quei famigliari che avevan deciso di seguire la sorte di noi carcerati e scortarli nel luogo d'imbarco. Alcuni dei nostri non ce la facevano a rizzarsi e iniziò la conta che stavamo aiutandoli, così che certuni, distratti, non udirono la chiamata. E subito l'ufficialetto si buttava a elargire manate e calci, fino a quando non incappò in Bernardino Bardelli, un senese volontario, combattente anch'esso a Rieti, il quale gli cacciò un pugno nel mezzo della faccia, che gliel'aprì scaraventandolo a terra, e anche batté la nuca sul selciato. I militi non si mossero, se non due, per abbrancare il Tenente e portarlo dentro la casupola degli scaricatori, ma nessuno disse niente, e nessuno vide niente, così che pensammo che quell'ufficiale non era benvoluto, neppure dalla sua truppa. Naturalmente la conta finì lì, e dovette venire a sorvegliarci un Sergente, che sacramentava come un turco, perché distolto dal suo angolo caldo. Restammo più di un'ora sul molo; poi arrivò un uomo a cavallo che portava l'ordine di muoverci verso i velieri che si vedevano dall'altra parte dello scalo. Ce n'erano tre all'àncora, ma solo su uno si notavano marinai indaffarati, così che capimmo che si trattava del nostro. I quattro o cinquecento metri da percorrere furono i più tragici di tutto il trasferimento. Sentivo il cuore battermi forte, e così mi dissero anche altri compagni, che tutti venimmo presi da un'agitazione incredibile, perché avvertivamo concretamente che ce ne saremmo andati via dall'Italia, e che forse non saremmo più tornati. Fino a quel momento avevamo allontanato l'evento come qualcosa di remoto, oppure si sperava di poter scappare, oppure che, giunti a Civitavecchia, qualche inghippo avrebbe impedito la partenza; ma la realtà non ci dava più scampo. Le gambe mi divennero molli e a ogni passo dovevo respirare a bocca aperta, e così fecero in molti, all'infuori di coloro che avevano atteso con ansia il momento, perché felici, dopo anni, di rivedere mogli e figli. Per prevenire scene ed abbracci tra famigliari, i papalini avevano deciso di imbarcare le donne e i bambini per ultimi, quando già noi si aveva preso posto nella pancia della nave, di modo che essi, svoltati sulla banchina d'attracco, dopo aver cercato invano con lo sguardo i loro cari, furono presi dall'angoscia, pensando a un inganno, che diventarono più irrequieti di noi. Solo il Sergente riuscì a calmarli, che era un brav'uomo e mai ci aveva colpito o insultato, al punto che dovette giurare sul suo onore di soldato che non dovevano aver timore, e che i patti sarebbero stati rispettati. Demmo così il via a una canzone di battaglia, quella che fa: "Del fucile e del pugnal siamo i custodi, come del pensier che guida il braccio e l'ideale...".

«E tutti cantarono, e il sangue riprese a girare come si deve. Non sentivamo più il freddo e infine, liberati dai manettoni e dalle cavigliere, rinfrancati imboccammo la passerella, e neppure ci arrabbiammo quando ci scrissero, a retro della giubba da galera, una cifra a vernice, perché sul veliero, fino in Brasile mai ci chiamarono col nostro nome, ma con il numero d'imbarco trasformandoci ancora in vacche marchiate, oppure in ebrei, che fuori dai ghetti devono portare il segno giallo. Schierati sul ponte alquanto angusto, sempre con il bagaglio sotto il braccio sinistro, smettemmo il canto, quando apparve sul cassero il comandante, affiancato dal secondo, e cinque tocchi della campana di bordo furono dati, per intimarci il silenzio. E così venimmo a conoscere il nostro ospite, il quale, perentoriamente e senza preamboli, iniziò a dire: "Siete sulla Madonna delle Grazie, che batte bandiera del Regno delle Due Sicilie. Io sono il Capitano Salvatore Balsamo, e avrete modo di conoscermi, mentre questo è il Signor Andrea Scafiti, mio aiutante. A lui consegnerete i sacchi che portate e che verranno stivati nel magazzino di bordo; solo in prossimità delle coste del Brasile tornerete in possesso dei vostri abiti civili e delle vostre cose. Ora vi è consentito tenere unicamente la gavetta e un cucchiaio di legno da noi fornitovi. Prima di scendere in stiva, verrete minuziosamente perquisiti, perché non voglio risse, pugnalamenti o che altro; così come non voglio che fraternizziate con i miei marinai, che per loro c'è lo staffile e per voi l'acqua dell'Oceano. E anche rischierete grosso, se vi troveremo armi rudimentali o tutto ciò che può essere contundente. Ricordatevi che sino a Bahia, sino allo sbarco, sarete considerati quali galeotti a tutti gli effetti, e quindi soggetti a pene, a provvedimenti disciplinari e punizioni corporali, e potrete anche venire condannati a morte, e ciò vi sia chiaro, qualora la colpa sia considerata grave al punto di mettere in pericolo la vita dell'equipaggio o le strutture della mia nave. Sarò sempre io a giudicare riguardo al vostro comportamento e ogni mio responso sarà inappellabile. Presto giungeranno dieci donne e sette bambini, famigliari di alcuni di voi; e alloggeranno nei vostri stessi spazi. Qualsiasi promiscuità a sfondo sessuale verrà punita severamente, come ogni atto contro la morale Cattolica e civile. Assieme a noi viaggeranno tre frati Cappuccini missionari e, oltre a due commercianti, il Signor Ragusa e il Signor Barra, anche il Signor Castaldi con licenza legale di giocatore professionista di carte e biliardo, il Signor Volta, gioielliere e mercante di pietre preziose, il Marchese Costantini Da Paola, esploratore cartografo. Poi, forse, il Signor Savi, che già conoscete, e il Signor Cialdi. Con tutti loro non dovrete avere alcun tipo di rapporto, neppure parlargli. Nella stiva a fianco della vostra già dormono 28.000 libbre di palle di cannone che il Governo Pontificio venderà al Governo brasiliano: inutile dirvi di girare al largo da quei locali, così come dall'armeria e dal deposito viveri. Le restanti regole vi verranno impartite dal Signor Scafiti medesimo. Questo è tutto. Che Dio protegga l'attraversata e le nostre vite!".

«E così il Balsamo scomparve nella sua cabina, che noi, fra i denti, gli mandammo quattro cancheri a lui e a tutti i parenti, e anche ai monaci e agli avventurieri che aveva nominato quali nostri compagni di viaggio, appellandoli con titoli di Signor o di Marchese.

«Entro un'oretta eravamo già accatastati da basso come merci, e lì imparammo a fare ogni cosa sulle amache, perché altro spazio per muovere non ce n'era, se non quattro metri quadrati al centro della stiva. Aperture verso l'esterno mancavano, perché si stava sotto il livello di galleggiamento e l'aria, per tutto il tempo della traversata, ristagnò pesante e quasi irrespirabile, di certo malsana per i fanciulli. Dopo un'altra ora arrivarono le mogli e i figli, e non ti sto a raccontare le scene e i saluti, i baci e gli abbracci. La prima cena a bordo era una brodaglia fetida che sapeva di piedi sporchi e cavoli. Poi lo Scafiti ci ordinò di abbassare i lumi e di metterci a dormire, che la mattina seguente o quella successiva, con la marea buona, e se il vento si alzava, saremmo partiti, in faccia alle tempeste stagionali e al periodo dell'anno, non certo raccomandabile per intraprendere un così periglioso viaggio.»

Con queste parole il Compagnoni, preso da spossatezza, fece cenno al religioso di smettere di scrivere ed evacuati di nuovo liquami rossastri, perché mischiati a sangue, si girò su di un fianco, dopo aver indicato a fra Martin una poltrona sulla quale il monaco avrebbe potuto dormire. Ma d'un tratto, esacerbato, scaricò anche il rancore rimasto sul groppo: «Voi preti affermate che il vostro Dio ci ha resi liberi di compiere anche del male al fine di poterlo rifiutare per il bene, al punto che i nostri buoni atti, a seguito della scelta che abbiamo di compierli, possano maggiormente avvicinarci a lui e meritarcelo, che in questo l'arbitrio è nostro, e lui se ne lava le mani... Ma allora perché il tuo Dio, a causa delle condizioni in cui li ha sprofondati, impedisce ai più di avere strumenti validi per poterlo onorare? Perché ci ha riversato nell'ignoranza, perché esistono classi sociali e differenti, in maniera che, per un povero, vivere e fare il bene è più faticoso che scalare un monte?».

Il frate vacillò, perché su quegli argomenti il Compagnoni diventava all'aspetto terribile.

All'esterno in rua do Samitra, regnava la calma. Giunse la creola con acqua e aceto, per disinfettare il malato. Anche il frate immerse le mani nel liquido e quindi se ne portò un poco alle labbra, lo bevve e, con una parte, si risciacquò la gola, i denti, la lingua, per poi sputarlo nel bacile. Jolanda chiese: «Vi serve altro, fratello?». Il religioso, ringraziando, disse di no. La donna allora uscì dalla stanza, dopo avere abbassato due dei tre lumi che la rischiaravano. Il monaco, guardato il Compagnoni in silenzio e a occhi chiusi, si accomodò sulla sedia imbottita e sfilò il rosario dal saio. Tanti erano i pensieri che si facevano largo nella sua mente, e uno e poi l'altro, e la giostra girava, girava. Decise così di rifugiarsi nella preghiera.

IV

Il buio. L'oscurità. Le viscere dell'acqua e del fango, là dove si consuma il risucchio del vortice. Fra Martin si risvegliò alle grida di Luigi. Anche Jolanda giunse di corsa. Si era nel 30 di maggio del 1849, quasi nell'ora quinta del mattino, come da pendola sul cassettone. Il Compagnoni si teneva il ventre e rantolava, biascicando nomi in preda al delirio, perché forse solo nel delirio, in quei giorni, si riusciva a rammentare.

La creola dovette di nuovo cambiarlo e sistemarlo in lenzuola pulite. Il frate si prodigò nel sorreggerlo, dovendo ricorrere a tutta la forza che aveva, essendo di gracile corporatura.

Cessato il marasma e ritrovato se stesso, il moribondo volle bere, e vuotò quasi una brocca, mentre il liquido che non riusciva a trangugiare scorreva sul mento e sul petto: era un'enorme caldaia di febbre. Jolanda, provata, disse al frate: «Vado a prepararvi un caffè con cioccolato e latte, così che prendiate un poco di cera buona».

Avviatasi, il religioso si portò a fianco dell'italiano che continuava a ingurgitare acqua. Il monaco, scosso da un brivido, ebbe a pensare che, bevendo, egli stesse per compiere un rito, quasi un rito battesimale di purificazione.

"O forse è la mia fede a farmi intendere cotanto."

Poi, sedutosi al banchetto di scrittura, riportò tale meditazione sul verbale, mentre il Compagnoni, deposta la brocca, aveva ripreso a canticchiare.

Ancora il frate scrisse: "Egli ora intona un motivo nella sua lingua nativa, che io non comprendo, ma reputo sia una canzonetta rivoluzionaria, dal come lui, a tratti, mi guarda e ride, quasi a provocarmi, oppure un motivetto blasfemo, come alcune volte ho sentito dai marinai del porto, allorquando mi trovavo di là a passare. Il colorito del morituro è sul giallo, e punti screziati gli incidono la pelle. La sofferenza deve essergli grande, ma egli continua a sorridere, e io non capisco, e non so cosa dirgli, perché sono stupito dal suo comportamento".

«Buongiorno, fratello» bisbigliò il Compagnoni. «Vedo che sei già sopra alla scrittura. Avevo ragione, il vizio ti è grande, che per te la scrittura è donna dalle gambe larghe. Bene, allora annota anche questo.» Il malato, non senza fatica, si sollevò appoggiandosi ai cuscini: «Scrivi, dunque. La peste è tutto. È dentro e fuori dall'uomo e dal mondo. La peste, che assieme all'acqua purifica, e innalzerà chi meritevole».

Fra Martin trasalì.

«Non ti impaurire, frate, e procedi oltre. Io sono il fuoco, e il fuoco che mi vive è quello che fa vivere il lottatore. È lo spirito del confronto, della sfida, che mi ha condotto finora l'esistenza. Io non ho bisogno di divinità. Già l'uomo è divinità. Chi non comprende ciò è di certo un povero di cuore.»

Fra Martin annotò: "Mai sono stato così messo alla prova da un moribondo, e tanti ne ho confortati. Come può un uomo che sta per lasciarci non riconoscere lo Spirito Santo che andrà presto a incontrare? Come si può, in punto di morte, bestemmiare e bestemmiare in tale ributtante maniera?".

A stento riuscì a tenere la penna fra le dita: "Dio mi salvi, la mia mano trema, il mio cuore trema, la mia mente trema. È forse questo il Demonio? Ora mi sorride ancora con alterigia, e da lui mi sento scrutare dentro, e come messo a nudo. È forse colui che Gesù incontrò nel deserto? I suoi motti, le sue meditazioni blasfeme, quella stella che porta in fronte... è forse questa l'ora limite in cui tutti i giudizi sono travolti, per poi confondersi gli uni negli altri?".

Il malato, dato respiro al religioso, riprese: «Ti ho detto di non avere paura. Calmati. Non spaventarti e ascolta il calvario di quest'uomo, così che il crampo inquieto che sta cominciando a dilaniarti possa acquistare, anche in te, ragione e parvenza. Giungemmo a Bahia il 22 aprile del 1837. Io avevo compiuto ventidue anni: e il numero 22 vedi come ritorna? Durante la traversata dell'Atlantico, le condizioni di vita a bordo ben presto risultarono impossibili. Stavamo stivati sotto il secondo ponte, nel più profondo della nave, che il Capitano non ci voleva in coperta, se non le donne e i bambini, per mezza ora alla giornata, giusto il tempo per rovesciare fuori dalle paratie il contenuto dei buglioli e respirare il più possibile aria, così da farne scorta per le restanti ventitré ore e mezzo. A noi uomini era concesso di salire ogni due giorni, sempre per mezz'ora, e mai insieme alle femmine e ai marmocchi, che non si facesse troppa ressa sul ponte, e dovevamo stare inquadrati, sotto il tiro dei moschetti, e non sporgerci mai oltre le balaustre, neppure per sputare in mare, che molti si erano vomitati l'anima, perché non abituati alle onde, e così i marinai ci gettavano addosso secchi di acqua gelida per mondarci. Ma di poco conto fungeva quella pratica, perché si sa che l'acqua salata non lava e non pulisce, e perciò, ancora sporchi e per di più fradici, si ridiscendeva da basso, in quella stia per conigli che era il nostro solo spazio, e lì si consumava ogni cosa, dalla sbobba che ci davano come pasto, alle chiacchiere fra noi, che nel ricordar casa e nel parlare e nel giurare vendetta ingannavamo l'ansia, mentre copulavano quelli che erano coniugati, e qualcuno distraeva con giochi semplici i propri figli. Superato il monte di Gibilterra, uno strano vento contrario non faceva procedere la goletta, quasi che l'Oceano ci rifiutasse. I più arditi decisero di tentare una sortita. Persi per persi, tanto valeva crepare lottando. Giunto il periodo dell'aria, affrontammo i guardiani con pugni e spintoni, e la sorpresa inizialmente ci fu propizia; ma altri marittimi accorsero, che solo uno ne riuscimmo a stendere per l'eterno, mentre due dei nostri furono scaraventati di peso fuori bordo, che annegarono dopo poche bracciate, risucchiati dalla scia della nave. Fummo così rimessi ai ceppi, che la ferraglia riapparve dai magazzini come per incanto. I nostri cari ceppi, ai quali ormai gli si era dato nome e cognome come a compagni. Poi iniziarono le punizioni corporali a suon di staffile. A chi dieci frustate, a chi venti, a chi trenta. A me e al Bettini ne toccaron cinquanta, che alla trentaduesima o trentatreesima sia lui che io perdemmo coscienza, e fummo trascinati nelle stive, che gli amici ci avevan già dati per morti. Ma resistemmo anche a quella prova, perché era difficile ridurci in ginocchio. Per buona grazia del Savi, anch'egli imbarcatosi sulla bagnarola, in pieno Atlantico ci cavarono i manettoni. Ancora tentammo un sommovimento, nei pressi di Teneriffa, e quella volta avemmo la meglio, anche aiutati da un marinaio che odiava da tempo il Capitano. A quest'ultimo, al Balsamo, diedi davanti a tutti una bella battuta di schiaffi, per come fino a quel giorno ci aveva trattato. Intanto gli dicevo: "Questi sono per i nostri morti e per le flagellazioni. Impara questo, sgherro da quattro soldi! Ogni azione, anche quella che fallisce, è per noi una vittoria della volontà di essere".

«A quel dire i compagni mi diedero delle pacche sulle spalle, e il Toschi mi abbracciò pure. Abbassammo le spade e i pugnali solo quando il Cialdi, inviato della Marina Pontificia al seguito della spedizione, chiamò in causa le donne e i bambini che avevamo a bordo, facendoci ragionare col ricatto sul loro futuro da femmine e da figli di ammutinati. Decidemmo allora, per alzata di mano, di arrenderci, e dietro assicurazione di non venir più legati, di avere più aria e più acqua dolce, nonché, da parte nostra e sulla nostra parola, di non creare più alcuna perturbazione, fino al Brasile, e di riconsegnare subito le armi, come appunto facemmo, quali uomini che, se pur popolani, hanno sempre avuto il senso dell'onore. Arrivati dopo due mesi e venti giorni in porto, le autorità locali ci impedirono lo sbarco, adducendoci motivi burocratici e fiscali. Secondo loro noi coloni si doveva pagare una tassa d'entrata, e poi non era neppur certo che, una volta saldata, il Governatore di Bahia ci avrebbe lasciato strada. Ma con quali soldi noi potevamo pagare? Lo stesso Cialdi e il Savi si trovarono sguarniti davanti a tali richieste dei brasiliani, i quali rifiutarono, inoltre, come cauzione, le palle di cannone, dicendogli che il Papato poteva tenersele, per poi fonderle e farne tabernacoli. Lo stesso popolo di Salvador de Bahia, sobillato da provocatori spagnoli e portoghesi, che non volevano altri concorrenti di lavoro, ci impediva, con picchetti armati, di scendere, insultandoci dai moli come fossimo dei malfattori o degli agenti inviati dal Portogallo, per privarli dell'indipendenza da poco conquistata. Ecco come la massa può essere facilmente influenzabile da argomenti riguardanti il denaro o i singoli interessi, perché l'ignoranza è una bestia che acceca, e rende schiavi due volte. Dopo alcuni giorni di tira e molla ci si mise anche quel bastardo del Capitano Balsamo della Madonna delle Grazie, unica nostra casa ancora italiana, il quale ci impose, di nuovo con le armi spianate, dopo aver raggiunto un accordo coi brasiliani e sgomberata la folla, di sbarcare lestamente, oppure di pagargli uno scudo a testa a giornata, visto che lui ci dava vitto, protezione e alloggio.»

Apparve Jolanda con il caffè per il religioso. L'infermo smise di dettare. Fra Martin fece spazio sul banchetto e, scusandosi con il Compagnoni, iniziò a intingere una galletta nella tazza, al fine di avere un poco di ristoro.

La creola, rivolgendosi al malato, chiese: «Luigi, vuoi qualcosa anche tu? Dimmelo, che te lo preparo».

Il Compagnoni, guardandola con amore, rispose: «Non mi sento di mangiare. Saziati tu, piuttosto. Invece portami altra acqua. D'ora in poi berrò solo. Ti voglio bene, Jolanda, un bene che più non si può. Non ti affaticare. Sai che non temo la morte, e così deve essere anche per te, che insieme ne abbiamo passate di avventure! Avvicinati, che ti accarezzi il collo, e porta, quando ritorni, qualche briciola per Felícita, la nostra bambina. Poi stenditi un poco e riposa».

La donna si piegò sul malato e questi la sfiorò appena con le grandi mani e le carezzò coi pollici le labbra, mentre la cocorita andò a posarsi su di loro, picchettandoli con il becco, per affermare la sua presenza e la sua gelosia, così che entrambi si misero a ridere, e assieme a loro l'uccellino cantò, e anche il frate non poté trattenersi e rise, per poi andare a finire quella sua frugale colazione, pronto di nuovo al compito di scritturale.

La donna con movimenti garbati sgombrò il tavolinetto, e mormorò all'orecchio del religioso: «Abbiate pazienza con Luigi. È uomo di grandi e sincere passioni, e per queste è sempre stato abituato a menar le mani e le idee».

Fra Martin, guardando il Compagnoni giocherellare con il pappagallino, a bassa voce la rassicurò: «Non state in pena, sarò con lui fino a quando il Signore non lo chiamerà a sé. Certo è che un poco di paura me la incute. Non ho dimestichezza con la forza che la materia sprigiona, e lui è come energia viva della materia, anche se morente, e lo sento lontanissimo da me».

Sottovoce il malato ringhiò: «Che avete da confabulare voi due? Vai, Jolanda, e tu, frate, non fare il galletto. Prendi la penna che il tempo sempre più si smaglia».

Prima di ricominciare a dettare, l'infermo portò lo sguardo alla finestra. Un sole smalvo stava sorgendo sulle sterminate baraccopoli che già circondavano Rio, dove il colera, giornalmente, aggiungeva centinaia di vittime non contate a quelle riportate per certe nei quartieri ricchi del centro. Obolo quotidiano dimenticato, quello versato dalla povertà, che si aggiungeva agli oboli pagati giorno dopo giorno, anche quando la peste, o una qualche altra calamità naturale, non infierivano. Obolo estremo che forse, per i più delle favelas, diveniva salvezza dagli stenti e dall'abbrutimento. Fu allora, prima che Luigi riprendesse a raccontare, che fra Martin, avvertito il senso di una grande sofferenza ideale nell'animo dell'italiano, scrisse quanto segue: "Del Compagnoni sento i battiti più reconditi, che egli riesce a trasmetterli anche nel silenzio. Non posso frenare l'emozione che questo incontro cagiona nel mio spirito, il quale dovrebbe essere imparziale e al di sopra di ciò che in missione io vado ad ascoltare o a percepire. E di queste sensazioni, di cui non riesco a darmi causa, ma che sfrenate mi pulsano nelle tempie, quando a lui nelle tempie pulsano, l'Autorità Ecclesiastica mi abbia di nuovo a perdonare".

V

«Era il 2 maggio, quando finalmente scendemmo a terra, venutasi a sbrogliare la matassa. E a terra ci posero rinchiusi in un recinto sorvegliato, passando le notti all'addiaccio e privi di copertura dalle piogge. Finalmente tre compatrioti che risiedevano in città, con animo civile e ammirevole generosità, ci vennero in aiuto. Erano, e mettili in grande, erano il Majola, commerciante di carni e Presidente della Comunità Italiana in Bahia, il Dottor Persiani, bolognese, che poi reincontrai qui a Rio, e l'anconetano di origini liguri Carlo Bernardo Sanmicheli, i quali a uno a uno ci trovarono un lavoro. Addirittura, e non è stato per carità cristiana, non essendo l'interessato un fedele della Santa Trinità, il Sanmicheli diede al Cialdi per noi tutti 62 sterline a fondo perduto, perché non facesse altre storie, e impiegò alcuni financo nelle sue botteghe. Io, invece, trovai modo di sbarcare il lunario, riproponendomi come annodatore di canapi e conciatore di pelli nelle Rimesse del notaio Cascudo, uomo mite e di infallibile ingegno liberale. E andai avanti così per qualche mese, fino a quando non mi unii, assieme agli amici Giovan Battista Rossi di Lugo, Scipione Vallicelli di Forlì e al Conte Giulio Folfi, anch'egli esule dall'Italia, ma giunto di per sé prima di noi, alle milizie rivoluzionarie di Francisco Sabino Álvares da Rocha Vieira, indipendentista e repubblicano, che si prefiggeva di distaccare la Provincia di Bahia dall'Impero brasiliano, per crearvi uno Stato indipendente, una Repubblica. Il moto, definito torbido nella Capitale Rio, e privo di alcun progetto logico e politico di effettuabile riuscita, scoppiò nei primi giorni del novembre del 1837, quando tu, frate, eri ancora un bambinetto, e viene ricordato come la Sabinada dei Cialtroni. Però, nonostante lo spirito estemporaneo che ci mosse, riuscimmo a prendere il potere e chiudemmo la città alle forze imperiali dai Distretti vicini.»

Infervoratosi, la tosse riprese stizzosa e il Compagnoni venne a piegarsi sul letto, sempre più madido di sudore. D'improvviso un attacco di vomito, e dalla bocca del malato usciva bile scura, perché non aveva più cibo da rigurgitare. Il campanile della Santissima Annunciata batté nove rintocchi. Jolanda, di un'inesauribile vitalità di nervi, giunse di corsa e somministrò all'infermo gocce di laudano e una pallina marrone scuro, che al frate disse essere d'oppio. Il malato si contorceva, e imprecava in italiano. Fra Martin non poté fare altro che segnarsi e recitare a voce alta alcune orazioni. Al che il Compagnoni, in un accesso d'ira, cercò di rovesciare il banchetto di scrittura, lo insultò, e il frate si ritrovò a indietreggiare davanti a tale irruenza. Infine spossato, bianchissimo con gli occhi ancor più sprofondati nel volto e cerchiati di nero, il moribondo si acquietò e invitò il sacerdote ad avvicinarsi di nuovo: «Scusami e siediti, che il peggio è passato. Sopportami come io, del resto, mi sono sopportato negli anni, e ho resistito anche contro il mio essere. Non esiste alcun uomo che possa rimanere sempre sulla breccia. Prima o poi ha il cedimento, che anche questo, degli uomini, io adoro. Che non si è macchine, ma, nella forza, fragili assieme».

La voce del Compagnoni usciva cavernosa, interrotta a tratti dai singhiozzi di ventre e da flati, se pur ora un velo di serenità riconquistata si era posato in quel viso. Il monaco si decise a riprendere in mano la penna e a ricominciare a vergare.

«Perdonami ancora, frate, ma la febbre mi sta uccidendo anche quelle poche buone maniere che in vita ho imparato. Sento il cuore cedere piano, ma adesso son tornato tranquillo. È il lavoro dell'oppio. Jolanda è sempre preziosa, e sa quando e come quietarmi.»

Detto ciò congedò con un gesto la creola, la quale, pure impotente, aveva assistito alla scena, perché trovasse a sua volta un po' di riposo.

«Ora avrei voglia di mangiare feijoada e farofa» mormorò l'italiano. «Due piatti inventati dagli schiavi neri, e che hanno in comune con la mia terra il chieder d'essere accompagnati con vino, meglio se rosso, rabbioso. E del Sangiovese berrei, quello che vien da Predappio, da Bertinoro o da Modigliana, e che nelle fiasche ci ha accompagnato per tutto il 1831. Sì, del Sangiovese. Sono diciotto anni che non me ne sciacquo la bocca, ma ancora ne ricordo il sapore, che con potenza raschia la gola e, se una volta lo senti, non te lo dimentichi più. Continuerei con una costata di maiale ai ferri, e poi ciambella di Cesenatico, dove mettono anche i pinoli, e giù dell'Albana amabile e poi del nocino, di quello che faceva mia madre. Non avrei paura di caricarmi lo stomaco, tanto la peste non conosce gli indugi. O dalla bocca o dal culo. La peste lavora bene, sai? E ti vuota. Come la guerra. Prima ti sporca, ma poi ti raschia ogni cosa, la carne e l'anima, come un precipizio infinito, un abisso che inghiotte. E sei nudo e solo. I Quattro Cavalieri, la Bestia, l'abisso, il nero. Sì, il nero che contiene ogni tinta. E ben venga anche la Bestia, che in tale gorgo ormai siamo presi. L'ho più volte sentita. Ne ho annusato il fetore, ho sentito dietro l'orecchio sinistro l'alito caldo e pesante e ora, nel ventre, il suo grido che non ha dell'umano. Ne ho visto i figli e i frutti in battaglia. Ne ho colto l'inganno nei tempi che si dicevan di pace e prosperità. Meglio comunque la Bestia degli Angeli. La Bestia ti fa sentire più uomo, più in lotta, più vivo, se pure più solo. La Bestia porta il Morbo Malinconico, questo Morbo che non mi spaventa... e mettilo in grande. Il Morbo è il suo vessillo. Nel nulla del Morbo puoi perderti oppure ritrovarti, ma il Morbo devi attraversarlo, se è il tuo momento. In esso non puoi ingannare e ingannarti. Devi scegliere chi sei, e poi esserlo fino alla fine. Per questo nel Morbo c'è coscienza e battaglia, e io sono un guerriero, e in ciò sei libero, libero e solo, affidato a te stesso. Ben venga dunque la Bestia. Dio invece è noioso. Pii cristiani, bravi e buoni, pazienti, pacati, mediatori, disponibili e rassegnati, intontiti di grazia e di gloria d'eterno. Quale pochezza! Io ho vissuto perché ho scelto, perché ho riso, perché ho pianto, perché ho vinto, perché ho perso, perché ho tremato, perché ho avuto il coraggio da uomo, di affrontare le prove, e mai mi sono ritratto. Ho voluto sapere e vedere, ficcando il naso e lo sguardo, e nella scelta cercare. Ecco la Bestia, la peste, la guerra, ecco la libertà e quell'unica immortalità che ci viene concessa da vivi! Feijoada e farofa, Sangiovese e Albana, e giù botte e grida e saperti e sentirti vivo, con la tua vita nel pugno. E avanti, che nell'idea e nel sangue si è tutti fratelli.»

Il Compagnoni per un poco si trattenne, ma le sue parole rimbalzavano ancora da muro a muro nella stanza, come la sfera nel gioco del bracciale. Fra Martin, a sua volta pallido, sudava e scriveva. Il verbale stava diventando non un testamento, ma sempre più un dialogo, forse un duello, fra due coscienze: "Dio mi protegga, sento di nuovo il panico invadermi e un'enorme macchia scura crescermi dentro. Perché a me, questa confessione sacrilega? Perché questo rovesciarmi addosso il morbo, il sangue, il vomito, le feci, il male, la Bestia? Perché quest'uomo morente riesce a dire di essere riuscito a vivere anche senza Dio al suo fianco? Forse chi davvero sa nega Dio? Perdonami, o Signore. Mi vedo in un deserto, solo con me stesso e con i miei incubi, che forse – o forse bestemmio anch'io – sono gl'incubi dell'umanità intera".

Il Compagnoni spinse più a fondo la lama, perché si era avveduto di come fra Martin fosse in difficoltà. E sembrò a fra Martin che un boato scuotesse dalle fondamenta il suo essere vivente.

«Dov'era l'inizio, là, c'è anche la fine!» urlò raucamente l'italiano. «Ciò che sta in mezzo è male di vita o solo trastullo per la ragione che cerca illusioni. Inventarsi ragioni di fede, per la paura di esistere, dovendo morire. Cessare. In ogni sviluppo è contemplato il compimento. In ogni nascita, di già la morte. E solo dalla conoscenza della morte, che accetti, deriva la visione del tutto. La vita è agire, essere liberi, lottare e soffrire, per poi stringersi nelle spalle e slargarsi in una risata. Tanto più è consapevole l'uomo di questo, tanto più sarà fragorosa la risata alla fine. Lotta per lotta. Vita per vita. Morte per morte. Fare per fare. E la tua libertà. Questi i segreti, e le risposte. Il tutto condito da forti ideali, tramite i quali venire a incontro o in scontro con i tuoi simili. E feijoada e farofa! Muso, zampe, testa di maiale a bollire in una gigantesca pentola. La festa, la celebrazione, l'esaltazione della lotta e della memoria e altri dopo di noi, per l'esempio dato e l'energia liberata. Quando conquistammo Bahia dalle 365 chiese, come i giorni dell'anno, banchettammo con feijoada. Abbracciai italiani, brasiliani, fuoriusciti portoghesi, argentini, spagnoli, e perfino russi e tedeschi, che nel Nuovo Mondo erano arrivati, e per Bahia, o per chissà che cos'altro avevan combattuto. Quindi ci ubriacammo, aprimmo i bordelli e conobbi Jolanda. Tagliammo anche gole. Certo, tagliammo anche gole, perché ogni buona sommossa lo chiede verso i tiranni, e certuni si fecero la moglie del Governatore, io non fui tra quei fortunati, che si diceva fosse davvero bella, profumata e dalle grosse mammelle. Si elessero poi i Comitati politici per gestire la situazione. Si diede cibo ai miserevoli, che per i miserevoli colui che conosce la vita e ama la libertà ha sempre riguardo. Si diedero loro case e sostegni istituzionali. Gli s'insegnò a usare le armi, perché potessero difendere le libertà guadagnate e conquistarne di nuove. Si organizzarono i tribunali, che decretarono in primis l'esecuzione dei vecchi proprietari. Anche trenta al giorno ne giustiziammo, scaraventandoli poi nei fossati intorno alle mura. Pianificammo i compiti, e a me toccò quello di distribuire in coscienza i viveri nel quartiere E-speranza. Avevo preso alloggio in un vicolo del Pelourinho, e in quel piccolo appartamento, posto all'ultimo piano di un alto caseggiato coloniale, m'installai con Jolanda. Il nostro potere du-rò cinque mesi. Il popolo era felice. Anche i commerci eran ri-presi, che i mercanti, a buriana passata, ricominciano presto a darci nei soldi, con qualsiasi governo. Poi giunsero ingenti for-ze imperiali, che in breve ci strinsero d'assedio da terra e dal mare, oltre 20.000 uomini schierati, che Sabino Álvares non ci aveva voluto ascoltare, mentre noi di esperienza al riguardo, sulle strategie, ne avevamo da vendere, e già da alcune setti-mane gli si era detto di mandare drappelli in avanscoperta, così da segnalare per tempo le mosse nemiche. Dalle porte della Cidade Baixa le truppe di Pedro entrarono, che a forza di can-nonate avevan sventrato oltre 25 metri di muraglia spessa quattro braccia. E si aprirono un varco anche nei camminatoi della Cidade Alta, che fummo presi tra due fuochi. I primi con i quali mi scontrai erano fanti di Marina. Sulle loro divise chiare le macchie del sangue risaltavano come sulla carta l'inchiostro. A fucilate da un balcone ne stesi cinque, che io sparavo e die-tro Jolanda ricaricava. Ci battemmo fino alla fine, come poi sempre ci siamo battuti, inutile dirtelo ormai, frate. Il 13 marzo 1838 la città venne invasa per intero dagli imperiali. Si lottò quartiere per quartiere, strada per strada, casa per casa, stanza dopo stanza. Ne moriron dei nostri più di mille e duecento, e tremila furono i prigionieri, 500 dei quali furono poi fucilati da-vanti alla popolazione inerme, mentre i restanti vennero istra-dati verso le miniere dell'interno, così da spaccare pietre per tutta la vita. Ne uccidemmo quasi 600, ma non era bastato. Giovan Battista Rossi mi cadde davanti, crivellato da una raffi-ca di fucileria. Prima di spirare, gridò: "Viva l'Italia!". Il Conte Folfi, da solo, ammazzò a colpi di sciabola due dragoni e infine morì strettamente abbracciato a un Sergente di fanteria, tra-passati a vicenda. Scipione Vallicelli, cantando la Marsigliese, mise in batteria un cannone e per quattro volte aprì il fuoco su quei fottuti, finché non cadde in ginocchio, con la fronte aper-ta. Il caro Vallicelli, che neppure gli sbirri del Papa eran riusciti a impiccare, e che in Italia aveva costituito una sua banda ar-mata e indomito aveva combattuto, dandosi alla macchia fino al settembre del '31, e con lui il Folfi. Bella gente. Gente dai co-glioni, frate. Gente che mi è ancora vicina e che questa peste non potrà cancellare, perché anche ad un male, contro cui non hai armi, l'abbiamo messo nel culo...»

Il Compagnoni si fermò, mentre fra Martin, in preda a un'angoscia mortale che si faceva pallore e sudore, continuava a scrivere.

"Di nuovo fa buio. Un buio strano, quasi un'insolita eclissi per la radiosa Rio, a quest'ora della giornata. Ma non è buio di nuvole o di pianeti. Non è buio che porta pioggia e quindi salute. È un buio di malattia dell'anima, qualcosa che si è perduto o si perde, un buio di luce. La pendola sul cassettone si è fermata, adesso me ne accorgo. L'italiano, con la forza della disperazione, ora si trascina da solo fino al secchio che gli fa da latrina. Forse per non chiedere aiuto o forse per rispetto della scrittura, vedendomi applicato. Il fetore di escrementi è insopportabile. Comunque il mio respiro e il respiro del moribondo vibrano alla pari. Respiro con lui... Sto reggendo i suoi colpi, ma ciò sarebbe impossibile, se la scrittura non mi venisse in ausilio. La Confortazione risiede anche in questo viversi simili, negli attimi che precedono il trapasso. Uno nell'altro. Uno nell'altro. Così che anch'io, adesso, assieme a lui..."

Il religioso non poté procedere perché il Compagnoni, fatti pochi passi, stramazzò al suolo. Fra Martin accorse in suo aiuto, lo prese di sotto le braccia e, con fatica, lo rimise a letto. Poi andò ad aprire una delle finestre e respirò a pieni polmoni, mentre nel buio la città, e forse il mondo, si dibattevano. Alle sue spalle anche l'italiano respirava.

«Frate, ho voglia, tanta voglia di dormire. Perdonami, se ancora non crepo, portando via tempo alle tue orazioni, ai tuoi uffizi da chiesa, alle tue celebrazioni a lutto, ai tuoi atti da palcoscenico, al tuo venerare ostie e reliquie. Perdonami. Perdona anche il mio dire, tu che puoi perdonare. Perdonami, se ora sei per me il capro espiatorio di una vita. Sai, il mio è il vivere dell'insoddisfatto, del provocatore, del piantarogne... che io forse riempio di civili virtù, e delle vesti della libertà. Perdonami anche per il sonno in cui sto per cadere. Chiama Jolanda e fatti portare il mangiare. Non c'è bisogno che anche tu digiuni. Ti sciolgo dal voto. Mangia, mangia e, se ti va, veglia fino a quando puoi il mio dormire. Riposerei meglio, sapendolo, e questo ti nobiliterebbe innanzi al tuo padrone celeste. O mi sbaglio?»

Il frate non rispose e rimase al davanzale; poi, accortosi dell'abbandono al sonno del Compagnoni, gli si portò vicino e gli tastò le gote. Ardevano, alla pari di due tizzoni. Il monaco pensò che un buon cristiano, a quel punto, gli avrebbe detto: "Brucia così tra le fiamme dell'Inferno".

"Ma io non me la sento. Non mi sento di giudicare chi si è già giudicato da solo. La comprensione è di gran lunga la migliore preghiera che io possa recitare in suo favore. La comprensione è ciò che squarcia il buio e la malattia della vita, rivelando ciò che della fiamma di Dio è rimasto all'uomo. Sia grazia per me e per l'anima del moribondo. Sia grazia per noi, e anche per quel che resta di Dio in questo universo oscuro."

E il frate invocò il Padre Eterno su di sé come uomo abbandonato, ma conscio, perché forse anche Dio aveva bisogno di orazioni, per potersi affermare tramite il ricordo che di Lui hanno gli uomini. Seguirono le preghiere per i defunti, quasi nel cullarsi al battito del cuore e del soffio lieve del respiro.

VI

"Scrivere di chi scrive, narrare di chi narra, vivere di chi vive, questi possono essere buoni esorcismi per la morte. In tale u-miltà, ci si può riconoscere, e si possono riconoscere i propri limiti."

Il sole era già alto in cielo, quando fra Martin si trovò a riflettere in codesta maniera. Aveva passato la notte vegliando il Compagnoni, il quale ancora giaceva addormentato. Ci si trovava quasi nel mezzogiorno e Jolanda, dalla sera prima, ogni ora si era affacciata alla porta della stanza, per accertarsi dello stato dell'ammalato. A gesti si erano intesi, lei e il frate, e non avevano scambiato nessuna parola, per non svegliarlo. Il frate, comunque, nel silenzio che regnava, aveva sentito più volte la creola tossire da basso.

"Che sia anch'essa presa dal morbo? Il suo ansimo è pesante e il suo dare di tosse rimbomba cupo per la casa. Quando si mostra, ella si trattiene; ma non lo può il sudore, che le scende copioso dalla fronte. Pur essa ha gli occhi infossati e il colorito spento di chi è afflitto dal male. Perdura a darsi da fare per il suo uomo senza che nulla trapeli, perché l'amore, anche se concubino, tiene in vita la vita più che può, e le dà senso: come quella sua libertà e quella sua cieca ragione, l'italiano."

Quindi si sedette al banchetto e ricominciò a scrivere.

"Il buio di ieri ristagna sulla città, e l'astro radioso appena appena si percepisce nei contorni, e neppure risplende come una luna piena. Si è nel 31 di maggio del 1849, Rio è in preda alla peste e io mi accingo a trascorrere, sempre se Dio vorrà, una nuova giornata a questo capezzale. Il buio, se ho bene inteso, vien dato da una spessissima coltre di foschia d'afa e di polvere. Una coltre che mai ho visto finora in vita. Tempo malsano, che avvolge e nasconde anche l'apice del Pan di Zucchero. Anche Nossa Senhora da Glória do Outeiro è stata divorata da questa caligine. Del bianco splendente di quella chiesa, una manciata di grigio fumo di carbone è ciò che resta. Vedo Rio come la vede il Compagnoni! Lo sgomento in me si fa intenso, e strazia di crampi la bocca dello stomaco."

Sebbene scosso, il frate si interruppe, per seguire le improvvise evoluzioni di Felícita nella stanza. Infine, dolcemente, la cocorita si posò sulla testa lucida di Luigi, così da svegliarlo. Aperti gli occhi, il Compagnoni cominciò a guardarsi attorno, come se scorgesse solo vuoto, oppure ombre. Richiuse gli occhi, poi li riaprì, ripetutamente. Con l'espressione brancolante di chi si sente perduto, perché ormai privo di punti fissi, gli uscì un filo di voce, quasi una cantilena: «Non ho più la vista. Non vedo che chiazze scure e bagliori. Sono cieco!». Si portò le dita alle palpebre e le premette, con tutta la forza che gli era rimasta, quindi le tempie, e poi ancora gli occhi.

«Doveva venire anche l'oscurità, sebbene mi fosse un poco già anticipata, di tante che ho provate. Non bastava il difetto del non vedere i colori alla pari degli altri, che ora è giunta anche la cecità. Dio, se esiste, sia maledetto! La peste lavora di fino, lavora bene, frate. E non ti dà tregua. Sono cieco, e lo dedico ai tuoi Santi e a quella Gran Signora, che è la tua Vergine Maria!»

Il monaco reclinò il capo, facendosi il segno della croce e lasciò la penna. Si portò le mani al volto e in tal modo rimase per lunghi attimi. "Dio mio! Dio mio! Che altro deve succedere? È pur vero che chi non si abbandona mai a sentimenti di odio non è un uomo, e l'esistenza è pur fatta da uomini. Tuttavia io mi sento un estraneo, perché non riesco a odiare, così come non riesco a far nulla per riconciliare l'uomo e la divinità. In ciò, il Signore, non mi aiuta. Posa tutto sulle mie spalle, dilaniate dalle mille sofferenze delle quali partecipo per Tuo Nome, e ora anche dal dubbio, Signore!"

«Frate» sospirò il Compagnoni «non dire a Jolanda che son diventato cieco, da non caricarla di un'ulteriore afflizione. La peste e l'oppio mi hanno chiuso per sempre la vista. Me lo disse il portoghese di Porto Alegre, quel mercante viscido che me lo vendette. Mi mise in guardia, che se avessi abusato potevo restarci morto, oppure cieco. A ogni eccesso la natura ti castiga, presentandoti il conto. Ma che importa? Ho sempre vissuto nel diverso e, fra gli uomini, come diverso; così che i colori del Brasile non mi hanno mai alleviato la coscienza e il rancore. Non il samba, non i travestimenti del carnevale, non le mattonelle smaglianti di ceramica ai muri delle case, neanche fosse la mia Romagna. I mosaici degli uccelli dalle piume variegate, e dei frutti splendenti e polposi, non me li sono mai goduto, se non in rare occasioni. Potevo essere qui come altrove. Il mondo è sempre stato lo stesso per me. In qualsiasi luogo mi avessero sbarcato, avrei cercato dove dare di spada e di moschetto per un'idea di libertà. E il grigio e il viola per me avrebbero sempre dominato.» Felícita volteggiava turbinando anch'essa, e il vortice ingigantiva. Il fondo, il punto estremo, di nuovo si allontanava dalla sua coscienza. I due uomini, calati negli abissi dell'animo, svelavano sempre nuovi abissi, varianti e cunicoli, dove perdersi e dove ritrovarsi.

VII

L'infermo ricominciò a tossire. Il sangue e la bile in gola si mischiarono. Il caldo della vita e l'oscuro della malinconia uscivano dalla sua bocca uniti, impossibilitati a dividersi. Il frate gli passò la brocca e Luigi bevve. Il suo essere andava tutto in sudore, e non riusciva più a trattenere alcun liquido.

«Cerchiamo di procedere, frate, che il tempo non è più smagliato, ma è divenuto una rete sfondata, dalla quale ogni pesce riesce a scappare. Ne resta poco, e vorrei non sprecarlo, che di uomini che si tuffarono nell'abisso della vita con impeto e ardore desidererò fino all'ultimo narrarti.

«Caduta Bahia, mi ritrovai al porto privo di armi, ma come difeso dall'enorme folla radunatasi sulle banchine. Con me Jolanda, che sembravamo una coppia di poveri popolani ignari, così che i soldati, stanchi per lo scontro ed il sangue, neppure ci guardarono. Vicini a una lancia attrezzata con albero e vela a triangolo, dal nome Edmundinha, notai un gruppetto di persone dal volto famigliare. Ci avvicinammo guardinghi e riconobbi subito Matteo Donati di Villanova di Bagnacavallo, di mestiere macellaio, condannato a morte dalla Sacra Consulta per spirito di parte e omicidio, Giuseppe Ronchi, già contabile papalino di Castel San Pietro, Legazione di Bologna, poi trasferitosi a Cotignola di Romagna, condannato a morte per spirito di parte e assassinio, Giovanni Bettini, pescivendolo e cantastorie, condannato a morte per omicidio e cospirazione; e, per finire, Bartolomeo Cornacchia di Russi di Ravenna, condannato a venti anni di lavori forzati per perturbazione dei Divini Uffizi con profanazione di chiesa, pestaggio del parroco Don Andrea Della Valle di Boncellino, che era un noto spione, e perché membro di Conventicola Carbonara armata. A loro ci aggregammo, e presto salpammo, dando di naso ai marittimi locali. Il Cornacchia, per non smentirsi da ateo repubblicano qual era, prima della caduta di Bahia si era nel giusto premunito, rubando parte del tesoro custodito nella Cattedrale, che subito, preso il largo, ci mostrò. Esso contava di tre calici tempestati di rubini, un crocefisso d'oro alto due spanne, quattro reliquiari finemente cesellati e monete varie di minerali e zecchini che noi tutti gli stringemmo la mano, ridendo in coro di gusto. Quasi sprovvisti di alimenti, facemmo rotta verso sud e, a venti miglia da Salvador attraccammo a un villaggio di pescatori. Là, con una delle monete dei preti, comprammo pane di mais, carne secca sotto sale, un barile di aringhe e caricammo acqua potabile per due settimane. Il nostro intento era di raggiungere il meridione del paese, la Provincia del Rio Grande do Sul, dove sapevamo che da anni si stava combattendo la guerra dei Farrapos, con in testa i gauchos in rivolta e la partecipazione di gran parte della popolazione. Non a conoscenza delle sconfinate distanze, abituati com'eravamo al vivere sempre in Romagna e in un poco d'Italia, oppure in celle anguste, si confidava di essere in quella regione prima del tempo cattivo; ma per l'ignoranza ci sbagliavamo. Sono 3.000 i chilometri che separano Bahia da Porto Alegre, circa 1.500 miglia marine. E dopo un mese e mezzo, sbarcando a terra per foraggiarci e sfidando correnti avverse e maree improvvise di così grande portata che mai ne vedemmo, avevamo percorso soltanto 1.800 chilometri sempre viaggiando con quel battello di trenta piedi di lunghezza, che oltre a un miglio dalla costa non ci azzardavamo di andare. Strano fu come, per un tratto di quasi cinquanta chilometri, giorno e notte un grande squalo nuotò affiancato alla nostra barca.

«Sono mostri dei più temibili, che con un morso inghiottono un uomo. Il Bettini, essendo noi disarmati, preso dalla tensione del vederselo sempre a ridosso, voleva fare la punta ad un remo con il coltello che portava, per piantarglielo in mezzo alla testa. Lo dissuademmo, perché di certo non l'avrebbe ucciso, e la bestia ferita ci sarebbe venuta addosso, con il rischio di ribaltarci. Ma il Bettini insisteva, che neppure la dolcezza di Jolanda riusciva a portarlo al ragionamento. Aveva battezzato lo squalo con il nome del papa, e tutti noi lo chiamavamo Gregorio. Alla fine ci vennero in aiuto i delfini, che, quando arrivano in branco, anche le orche assassine se la battono, e così fece Gregorio, che il Bettini si consolò sputandogli dietro e mandandogli cancheri nel nostro dialetto. Si era fra Rio de Janeiro e le terre di São Paulo, quando, mettendo ai voti, si decise di virare verso il lido e, venduta la lancia e procuratici pistole, machete e carabine, continuare con mezzi di terra a noi più congeniali, anche perché sempre infastiditi da fregate imperiali in perlu-

strazione. Sulle spiagge di Ubatuba ci trovammo a mercanteg-
giare con indios liberati e neri intelligenti e statuari, senza padrone, i quali per 35.000 reis, tutti i loro risparmi, ci compraro-
no la scialuppa, da far poi contrabbando. Mi ricordo, se non è il
sogno delle nostre speranze ora che devo morire, come uno
dei neri, prima di lasciarci, ci disse all'incirca: "Non sempre una
tribù è un'unità di sangue. Un popolo lo crea l'unità dell'ideale,
e tale popolo diventerà l'abitatore del mondo domani".

«Noi tutti restammo senza fiato, che il Cornacchia istintiva-
mente gli regalò 3 monete d'oro dei preti.

«Quello disse ancora: "Vi ringrazio, in ogni metodo sincero
dimora già il risultato. Vi abbiamo dato il nostro denaro, voi il
vostro, così che questa barca ci è stata quasi regalata perché
a voi più non serve. E il nostro baratto è cessato, e chi era nel
bisogno ha avuto da colui che non ha più bisogno, e questa è
la prova che la pasta di cui siamo fatti è la stessa".

«Il Ronchi si sentì allora di parlare in tal modo: "La magia
rasserenante che la parola suscita su noi uomini sta nel fatto
che essa è la sola espressione diretta di troppi elementi che in-
gombrano ormai il vivere quotidiano, sicché la sola parola e il
suo suono, come la musica, riesce a estraniarci da un mondo
falso e sbagliato, così da indurci a pensare che parlando, cantando, suonando insieme, si possa sfiorare l'ultimo grande mistero dell'anima. E sentirci fratelli".

«Il nero annuì e, rivolto al Ronchi: "Tu sei bianco, ma hai compreso il perché noi ci affidiamo sempre alla musica per interro-
garci e risponderci".

«Io e gli altri ci guardammo meravigliati. Parevano due filo-
sofi nella nostra vecchia Europa, ma si era su un litorale selvaggio del Brasile, fra gente di angoli diversi della terra, portata lì contro la sua volontà. Gente che si stava ingegnando per
mantener viva la propria dignità e libertà, così da sentirsi parte
anche loro dell'intera umanità. Lasciati quegli amici, acquistati
due asini e un sacchetto di tabacco da un cercatore di conchiglie per amuleti, un personaggio bizzarro che parlava solo il
Tupi Guaraní, tradottoci dalla nostra Jolanda, ci portammo a
Taubaté, sulla strada per São Paulo. Scambiammo nel banco,
con uomo scaltro e non avvezzo a curiosare, i tre calici, il crocefisso e i reliquiari con cinque pistole lunghe, tre fucili a canna corta, quattro a canna lunga, cinque machete, polvere e
cartucce, vestiti e stivali da faccenderi e quattro cavalli, con
relative selle, tasche e guaine porta armi. Quindi prendemmo

per le colline, non avendo documenti o carte di passaggio, rimanendo 18.000 reis e le restanti monete rubate nel Duomo di Bahia.»

Entrò Jolanda e fra Martin la vide più smunta e sfiatata. Rivolta al Compagnoni disse: «Luigi, è arrivato il cerusico. Vuoi che lo faccia salire?». Il malato annuì verso la creola; quindi, rivolto al monaco: «E tu, vuoi mangiare qualcosa, o la scrittura ti basta?». Il frate rispose: «Meglio di no, mi trovo anch'io imbarazzato di pancia. Accetto per dopo un quindim, se possibile, perché la crema con tuorlo d'uovo e polpa di cocco forse mi gioverà. Quando si scrive, qualcosa di zuccherino non guasta, aggiusta la bocca, come sostiene fra Alfonso, il mio maestro di vergatura. E dà tono per la concentrazione». La creola discese, e dopo poco tornò a riaffacciarsi con il medico. La visita non fu certo accurata. Il dottore palpò per un attimo il ventre del malato, appoggiò l'orecchio al suo petto, ma subito ritirò la testa. Gli guardò negli occhi, senza accorgersi della cecità, e quindi gli chiese di tossire. L'infermo sbottò: «Cosa vuoi che tossisca! Di già lo faccio, che sputo bile e sangue. Sono alla fine, cerusico, ti do io la diagnosi». Il medico scosse il capo, richiuse la borsa, e dopo essersi lavato mani e labbra con aceto, si rivolse al frate: «Anche voi non avete un buon colorito; fate presto a redigere, perché a star troppo a contatto con la peste è facile infettarsi». Fra Martin lo ringraziò del consiglio, ma gli ribatté che il suo ufficio prevedeva anche tale pericolo. Di nuovo il medico scosse il capo e salutò, uscendo dalla stanza con Jolanda. Il Compagnoni sibilò: «Al cerusico non gli è andata bene con noi, vero, frate? Che due testoni del nostro calibro penso non li abbia mai incontrati». E sorrise, chiamando Felícita: «Felícita! Vieni dal tuo babbo. Vola da me!». La cocorita, volando dall'armadio dove nei momenti di confusione si rifugiava, andò come al solito ad appollaiarsi sulla fronte dell'italiano, picchiettandogli la trama delle lentiggini.

Fra Martin pensò compiaciuto: "E sorride ancora! Che volontà si ritrova. Di vivere e di morire in piedi. Non mi stupisco più di come passi dall'ira alla risata, e anzi mi fa godimento aver inteso che con lui non bisogna mai prendersela. Lasciare che brusco si sfoghi, perché poi torna più garbato di prima. Per stargli al fianco, non bisogna esser permalosi. Faresti il suo gioco, cadresti nella sua provocazione, e dovresti baruffare o andartene, privandoti dei suoi lati migliori, che sono tanti. È di grande volontà, non teme la morte, ma solo il tempo malinconico che dalla morte lo separa. Ma ancora mi chiedo come può un uomo morire appagato, nella convinzione che il dopo sia il niente. Non riesco a darmi ragione di ciò. Forse che l'uomo sia divenuto anch'esso mistero per me, dei più profondi? E la risposta di Dio, e la mia fede...?".

Un'ala di Felícita sfiorò gli occhi del religioso e fra Martin tornò alla realtà.

Il Compagnoni disse: «Anche se non ti vedo, sento che sei altrove, frate. Ho inteso, in questo nostro stare assieme, che ti si deve dar libertà... libertà d'indugiare. Le conquiste, con te come compagno, giungono lente, meditate, sicure, perché frutto del dubbio. Ti avrei voluto compagno lassù, sulla Serra. Di certo avrei impiegato il triplo del tempo per gli spostamenti, e il quadruplo per una necessaria uccisione; ma il risultato mi avrebbe dato conforto. Non sfuggi, frate, alla mia cecità. Nel tuo indugiare vedo il mio dubbio. E ora lasciami dormire, che anche i pensieri limano le forze che mi restano, e che io devo impiegare per ricordare e narrare. Fai come se fossi il padrone della mia casa». Quindi, rigiratosi sul fianco, buttò un'altra frase, per restare nel coraggio e darsene ancora: «So io quando sarò pronto a tirare le cuoia. A me la morte non la può fare. Venga, venga, come è venuta la peste, che in eguale maniera l'aspetto. A Manaccia non la si fa. So io quando devo morire, non meno di quanto io abbia saputo come avevo da vivere».

Fra Martin, deposta la penna, andò verso la poltrona, tirò fuori il rosario e cominciò a pregare. Per sé, e per l'anima del morituro.

VIII

L'umidità pesava insopportabile. Al monaco il saio si era appiccicato addosso come un sudario. Anch'egli beveva, beveva non sapendo se per l'arsura della malattia acquattata, o per il fuoco che l'italiano gli aveva acceso nell'anima. Nella notte il malato aveva ancora delirato, e sembrava stesse a combattere con chissà quali fantasmi. Fra Martin si era precipitato al suo capezzale, per poi ritornare, sfibrato, alla poltrona. La creola non si era vista e il segno non era buono. Si era nel primo di giugno del 1849. Ormai il Compagnoni dimorava nel suo sterco, perché di lenzuola pulite il monaco non sapeva dove trovarne. Il puzzo di strame e decomposizione gravava basso, anche se fra Martin aveva spalancato le due finestre e la porta. Si pose infine sul volto una pezza imbevuta nell'aceto, in modo da coprirsi la bocca e il naso. Andò al banchetto, e si mise a rivedere le carte. Il giorno avanti avevano scritto poco. Il giorno prima ancora si era proceduto a ondate, come se la vergatura, adagiata sull'altalena, si concedesse pause di svago. Di certo ci si era conformati ai ritmi della malattia, e il suo dondolio grottesco e macabro, ma nel contempo ammaliatore, aveva influenzato ambedue gli uomini, al punto che le considerazioni e i deliri dell'italiano sulla vita, sul mistero, su Dio, sul morbo si erano mischiate con il narrare.

Rilette molte delle pagine, il religioso si domandò: "È questa una deposizione per i posteri, o non piuttosto un vero e proprio atto di confessione? Un atto di confessione di entrambi? Dovrò, alla fine, dare l'assoluzione al Compagnoni, o dovrà Dio magnanimamente assolvere entrambi? E chi assolverà me, Signore? E allora ben venga il fuoco della malattia, che anch'io mi riscatti nella sofferenza della carne dai miei peccati".

Lanciata un'occhiata all'infermo e vedendolo assopito, decise di scendere da basso in cerca d'acqua fresca. Non sentiva più la fame, e interpretò anche ciò come un brutto presagio. Avrebbe avuto solo bisogno di coricarsi e sprofondare almeno un'ora nel sonno. Ma i suoi voti andavano onorati fino in fondo, come l'italiano onorava la sua vita e la sua morte. Giunto al piano terra e chiamata Jolanda non ebbe risposta. Ancora chiamò, ma fu il silenzio. Una sensazione di perdita incolmabile gli attraversò il cuore. La trovò riversa ai piedi della branda, con le braccia rattrappite, come un agnello predato da un branco di cani famelici. Sul pavimento vi era vomito tutt'attorno e da ogni orifizio del corpo sangue raggrumato. Il male aveva lavorato dentro, fino alla morte. Con una stretta alla gola, il frate si ripromise di verbalizzarlo, per la parte importante di Jolanda nella storia. Poi le diede l'estrema benedizione.

"Come dirlo ora all'italiano?" si chiese il monaco.

Con enorme pena ricompose le spoglie della creola, dopo averle ripulito il bel viso, e la ricoprì del lenzuolo.

"Per la dedizione, per le piccole attenzioni, per il suo affanno, per la gentilezza nei nostri confronti, per il suo amore, sarebbe degna di un nobile funerale, ma che riposi nella semplicità, che è stata il carattere della sua vita" pensò fra Martin.

Non trovato altro, in cucina, che una pagnotta di pane secco e mezzo barilotto d'acqua, li portò con sé, risalendo lentamente dal malato. La testa gli girava e le contrazioni al ventre non cessavano. Toltosi i sandali, per il gonfiare dei piedi, e risedutosi al tavolinetto, il religioso prese la penna per testimoniare ciò che aveva visto.

Allo scricchiolio del pennino, il Compagnoni si risvegliò: «Ancora io sono vivo, ma la mia Jolanda è morta».

Fra Martin trasalì. «È morta, lo sento» continuò il Compagnoni. «Da troppi anni l'uno è stato per l'altra, e un'unica persona eravamo. Dimmi, frate, nel vero è morta?» Il monaco rispose che aveva già provveduto a ricomporla, altro non riuscì a aggiungere. «Ti ringrazio» sussurrò il Compagnoni. «Di sicuro hai fatto come io avrei saputo, se non meglio di me. Che anche Jolanda entri a pieno titolo in questa memoria. Non posso concedermi altrimenti, che riunirmela nel ricordo.» Le lacrime scendevano dagli occhi spenti, quando il Compagnoni si riprese, le cancellò di scatto con la mano, e continuò: «Scrivi, frate, che la peste rende uomini a oltranza e nella peste ci si riscopre più forti. Sono gli attimi sul limite che provano ciò che siamo in realtà, che svelano quel che voi sacerdoti chiamate dogmi o misteri. E la loro verità. E la verità di ognuno».

Alzò le braccia un tempo forti, ora malcerte, aprendo le mani ad afferrare l'aria, e ancora affermò, che il monaco scrisse:

«Il nulla è incubo, ma anche salvazione, anche, come voi dite, dono misericordioso, mezzo, opportunità di redenzione. E così è la peste. Così l'ignoranza, che tanti semi malsani germoglia nell'individuo, per poi svilupparsi nella servitù che tutto sopporta o in forme violente, individuali o collettive, che tu consideri, frate, deleterie e aberranti. È vero, frate. Anche l'ignoranza può essere occasione di riscatto, anche di sé, della miseria del proprio esistere, dello stesso esistere, se con coraggio si impara a guardare e a fare come chi non si aspetta nulla, tanto meno dall'alto, ma solo dai fratelli di dolore. O anche da soli. A volte l'uomo si riscatta tramite una battaglia che sembrerebbe sterile, perché senza evidente scopo o possibilità di successo, ma proprio in ciò rientra il fine, anch'esso circolare, di tale impresa ciclopica, cioè l'essere, il Fare... e mettilo in grande. Forse non c'è senso, se non il perdurare a Fare, ben sapendo che non porterà ad alcunché di finale, alla pace, non alla giustizia, non a una risposta definita... se non, da capo, al nulla... e ricominciare da capo. Fare per fare. Lottare per lottare. Vivere per vivere. Amare per amare, e resistere per non soggiacere. Questo solo ti dà ragione del nulla, del morbo, della Bestia, che sei solo ma non hai paura e sei libero e la vita te la vivi tra i due limiti che chiudono il cerchio, ma non ti hanno annullato, che se poi dividi con altri la lotta per il riscatto di molti la libertà è esaltante. E la vita è allora ben alta e piena».

La testa del Compagnoni ricadde sul cuscino. Era spossato, e tirava fiato come un mantice, mentre gli occhi, se pur impotenti, mandavano lampi.

Fra Martin proseguì a scrivere: "Credo che il malato non avrebbe potuto reagire se non così alla notizia della morte della sua donna. Non cedere neppure alla morte, tenerle testa, pur nella concezione dell'italiano che tutto cessi. Quali stoici e soprannaturali valori. Dio mio! Il nulla, per lui, governa l'esistenza degli uomini, ma è pur anche ispirazione per non arrendersi al nulla, e a nulla, lasciando esempio ed energie alle generazioni dopo perché non cedano mai e rimettano in discussione l'uomo ogni volta, con le sue costruzioni. Quindi cosa resta all'uomo da tramandare? L'avere inteso il suo nulla, la sua esiguità, ma l'avere comunque lottato e fatto, come se la sua volontà e libertà fossero più grandi del male. E anche di tutte le oppressioni, degli uomini e della natura".

IX

Mentre fra Martin cercava di dare un ordine alle cose per comprenderle, l'infermo riprese a dire: «Bella Jolanda dagli occhi di cerbiatta, dalle ciglia lunghe, dalla pelle morbida, dai fianchi stretti, dai piccoli seni, dai capezzoli scuri e dai riccioli capelli... in sei marciavamo sulla Serra, aggirando São Paulo, Sorocaba, Itararé, fin oltre Itapetininga. Quattro di noi a cavallo, uno su un asino e Jolanda sull'altro, a chiudere la fila quale retroguardia, portando anch'essa un fucile e volontà d'usarlo. Dopo 200 chilometri senza incontrare alcuno, se non coloni su carri trainati da buoi, pastori, bestiame brado, topi che saltavano come pulci contro i quali ci allenammo a tirare con le nuove armi, e nidi di termiti alti anche cinque metri, dai quali uscivano insetti lunghi un mezzo dito, che io ne fui morsicato e mi rimase una macchia come di bruciatura, senza dimenticare lucertole giganti, che dagli indigeni venivano bollite e mangiate... Dopo 200 chilometri di peripezie, sbattemmo nel fiume Paranapanema, che si doveva attraversare per forza. Al guado stazionavano uomini armati, che vedemmo dalla collina sovrastante. Non erano in uniforme, quindi non imperiali, e decidemmo di affrontarli. Una rivolta di schiavi era in corso ad Andradina, e questi erano cacciatori di neri e fuggiaschi, come sapemmo dopo averli avvicinati. Mestiere infame quello dell'inseguitore. Lavori per impedire la libertà altrui, per soffocare quel desiderio di lotta e di ricerca che è l'inappagabile bisogno a cui io sono cresciuto. Erano in quattro, capitanati da un tizio corpulento, che tutto aveva fuorché dell'umano e disse di chiamarsi Tebé il Regolatore. I suoi compari sghignazzavano e impennavano i cavalli, tanto per dimostrar da spacconi che, se si voleva passare, con loro si dovevano fare i conti. Replicammo, cercando di farci intendere, che il guado era di tutti, come il mondo intero. Quelli ghignarono ancora, e ci sfotterono, perché stranieri, poveri esuli e quindi sottoposti a doppio pedaggio. Il Ronchi, l'unico di noi che aveva una cultura e perciò diplomazia, e già coi neri di Ubatuba l'aveva dimostrata, domandò a quanto ammontasse il pagamento. Il capo di quei gaglioffi, per sfida, chiese due cavalli, due pistole, perché le nostre gli piacevano, 20.000 reis e la donna che portavamo con noi. I suoi compari di nuovo risero; poi si misero a fischiare e ad agitare i frustini per impennare ancora i cavalli, che sembrava di essere a una fiera paesana. Non si erano avveduti di chi gli stesse innanzi, che se lo avessero anche solo immaginato avrebbero fatto i bagagli e, scappellatisi, se la sarebbero data a gambe. Il Bettini, avvicinatosi al capo, già gli aveva piantato in una guancia la canna del fucile corto che portava, caricato a pallettoni. I restanti cacciatori di taglie, sbilanciati nelle evoluzioni alle quali si stavano dedicando, furono freddati a uno a uno nella sorpresa, che la prima a far fuoco fu Jolanda. E quello fu, per Jolanda, il suo primo morto. Un morto che andava a riscattare anni e anni di bordello e di asservimento ai maschi. Caduti i tre nella melma, restava il caporione, a tremare, l'infingardo. Piangeva e urlava che ci avrebbe dato oro e denaro, ma il fucile mozzo del Bettini non si schiodava dalla sua guancia, che quella paura se la meritava. Il Cornacchia gli domandò quanto fosse distante Santa Catarina e il bastardo subito rispose, nella speranza che, compiacendoci, avrebbe avuto salva la vita; ma il Cornacchia gli sussurrò che non era soddisfatto, e mentre quello riprendeva a tremare il Bettini gli scaricò il fucile in faccia, staccandogli la testa in parte dal collo, che penzolò indietro e alla fine cadde a terra, con il volto in poltiglia».

Il Compagnoni si fermò a prendere fiato. E il suo sembrò a fra Martin, oltre che un respiro di fatica, un respiro di rammarico, quasi che l'aver ucciso nel corso di tutta la vita, anche se con giustificazione, fosse comunque un peso per lui, qualcosa che, sebben necessario, non si poteva portare di vanto. Il frate, turbato dal racconto, gli porse l'acqua richiesta, mentre Felícita saltellava sul banchetto di scrittura.

«Sai, frate, che è pur vero che nell'animale si rispecchia l'ambiente che lo circonda. E così anche nell'uomo, che dei tipi come quelli, solo in radure brulle e aride potevamo incontrarli, solo nella Serra, che poco lascia all'armonia e molto alla crudeltà. E da tale crudeltà, fino a quando restammo sulla Serra, anche noi fummo contagiati, che ci parlavamo aspramente e poco si concedeva all'ideale. Percorremmo altri 150 chilometri in otto giorni, e infine, ci apparve Ponta Grossa del Paraná. Ci eravamo di nuovo sbagliati. Il viaggio via terra si dimostrava ben più lungo di quello per mare. Non avevamo notizie se i Farrapos resistevano, ma decidemmo di tirare avanti, che siamo sempre stati molto bravi nel tagliarci i ponti alle spalle. Girammo quindi verso il villaggio di Curitiba ed entrammo nella Provincia di Santa Catarina, scegliendo la strada costiera, la più agibile, anche se la pista era in terra battuta e a ogni scroscio di pioggia diventava un pantano. L'aria dell'Oceano ci rimise di buonumore e riprendemmo fra noi a darci battute. A Boa Vista incontrammo uno strano artista, un mezzosangue che campava riempiendo bottiglie di sabbie che mi dissero colorate, per farne paesaggi o scene religiose, con il quale a lungo parlammo. Aveva mani affusolate e, mentre diceva, le muoveva come stesse dirigendo un'orchestra. Ci sono belle mani affusolate, che nel vederle ti senti bene e ti invitano a dichiararti. Sono mani che non incutono distanza o timore o tensione, ma voglia di incontro. Anche Jolanda aveva mani di quella fatta, così che lei e l'uomo delle bottiglie si misero a parlare, e le parole giungevano negli apici delle loro dita e si spargevano per l'aria, per poi prendere forma, che il suono delle voci sparì, lasciando posto a storie, persone, sentimenti e paesaggi di gesti. Di ciò si avvidero anche i miei compagni, e li lasciammo dire per molto, e noi in silenzio a guardare, che a un certo punto Jolanda si fermò verso di noi, e noi a guardarle le mani, che anch'ella se le guardò, poi guardò quelle dell'indigeno e assieme ripresero a dar vita a particolari movenze, a litanie... come dicono le femmine della macumba, che, senza più favellare, le mani cominciarono a mandar musica e noi zitti e ammirati, perché, il Ronchi a parte, noi si aveva dei guanti spessi e callosi invece delle palme. Fu stupendo quell'attimo, che ci indusse alla tenerezza. Poi, d'un tratto, la mia creola e l'uomo si buttarono a ridere, felici come mai ho visto qualcuno felice. E anche noi ci sentimmo felici, che lo sarò stato a dir tanto tre volte nella mia vita. Ma felice, felice che il cuore viaggia alla pari dei polmoni e della testa e in quel momento non esiste più malattia, morte, dolore, ma solo leggerezza. Allora Gasparre, l'uomo delle sabbie, toccò la fronte di Jolanda e la segnò per la fortuna; poi ci confermò che nel Sud la situazione era fra le più drammatiche, che si sarebbe unito a noi, se non avesse avuto sei figli da sfamare. Gli regalammo 1.000 reis, e lui ci volle dare una delle sue composizioni, quella che vedi sul cassettone, frate, che Jolanda ha sempre amorosamente custodito, perché in essa viene raffigurato Gesù ancora bambino con la sega da falegname in mano, che se vorrai, quando giacerò morto, sarà tua per ricordo. Decisi dunque a riprendere i sentieri della Serra, dovemmo forzare un posto di blocco dei soldati, a Itajaí per l'esattezza, che ormai tutti ci rimettevamo la pelle...»

A seguito del respiro stretto del Compagnoni, la dettatura di nuovo si arenò. Il frate ne approfittò per andare alla finestra e tirare fiato. Imbevuto ancora il fazzoletto nell'aceto, se lo tenne sul volto, stringendolo dietro la nuca; poi sollevò di sotto la schiena il malato che, posto così ad arco, piano piano riprese l'armonia del diaframma, e riaprì gli occhi.

Il Compagnoni chiese dell'acqua, che mai gli bastava.

«Spero che anche tu possa essere felice, frate, almeno una volta. Te lo meriti. I ruoli della vita vanno sempre a mischiarsi, che ora sei divenuto Jolanda, e mi accudisci. Forse io poi diventerò te, e tu me, ed entrerai in tutti i compagni che ho avuto, e io in tutti coloro che hai confortato, perché il gioco della vita e delle parti è anche questo; come il gioco che regola il narrare. L'ho capito spesso e poi sperimentato, che del racconto di un altro mi piaceva impossessarmene, e mi ritrovavo in questa o in quell'osteria a buttarlo come mio, e senza scandalo, che tutti gli uomini sono lo stesso uomo, e ciò che faccio io lo fai tu, e viceversa, perché il comportarsi e poi il dirsi è voce comune, come se esistesse un unico uomo, e un solo suono.»

Fra Martin, di rimando: «Già! Io sono voi, Luigi. Questo è il compito che mi sono scelto per la mia vocazione e missione. Ogni sacerdote entra in colui che incontra, per capire meglio la fonte da cui sgorgano le sue parole, le parole della sua creazione. Gesù venne fra noi per questo, e in noi entrò, e di tutti gli uomini si prese in grembo l'esistenza, e fu madre, padre, fratello, figlio, nipote, femmina, maschio, bambino, vecchio, alleato e anche avversario. Ogni sacerdote cristiano sa ciò, e sempre è pronto a trasferirsi nel suo prossimo e, di quel prossimo, a caricarsi i pesi o dividere le felicità».

Il Compagnoni, orgoglioso qual era, non lasciò la palla al religioso, e rintuzzò: «Lo stesso valga per il rivoluzionario. Anch'egli si impadronisce dei bisogni altrui, li interpreta e ne dà concretezza nella lotta armata. Anche il rivoluzionario custodisce le ansie e le felicità del mondo, per poi tentare di dar forma migliore alla società. Anche il rivoluzionario è polo che attrae, e diviene braccio di tutti, così che il tuo Gesù fu anche questo e, nel rivoluzionario, egli trova sempre posto... Questo lo diceva anche il Ronchi».

Il frate replicò, e per l'impeto il fazzoletto gli andò a cadere: «In parte avete ragione, molti fra gli Apostoli erano zeloti, inquieti ribelli che combattevano un ordine ingiusto e che attendevano un messia di giustizia. E Gesù fu anche loro, ma li rese miti, soddisfatti, quieti, di una rivoluzione che comincia da presso, dal cuore. Ma andò oltre, fu anche quegli uomini che di quell'ordine nefasto erano i custodi, e anche per quelli morì sulla Croce, anche per i suoi nemici, così che il bene e il male, il giusto e l'ingiusto in Lui vennero cancellati, perché in Gesù rimase solo l'essenza dell'uomo, quella piccola fiamma che è ciò che Dio ha lasciato del suo essere in noi. Quella fiamma che non ha peso né spessore, essendo l'emblema della totalità e la salvazione anche per chi era dannato. Gesù andò oltre, Luigi. In Lui non ci furono né vincitori né vinti, ma solo l'uomo, spogliato di ogni ornamento, di ogni vuoto specchio di pensieri e parole. L'individuo nudo, infine, nudato dall'amore e pronto a ricevere amore, esposto alla morte, ma coraggioso, nella sua integrità. E per quel che ora ho detto, Dio sia lodato, che Dio è ancora fra noi! E noi siamo vivi, che la morte non ci spegnerà, né Jolanda, né voi».

Il Compagnoni accettò il trasporto del monaco, e non ribatté. Aveva imparato a stimare quel mingherlino uomo di chiesa, reputandolo sincero. Per lui la sincerità era la prima virtù per poter scendere in campo e dirsi combattenti. Comunicò al religioso che intendeva procedere con il racconto e il frate, più sereno, risedette al banchetto, senza staccare lo sguardo dall'infermo da cui venne solo un sorriso, che fra Martin seppe di amicizia, e fors'anche di misteriosa complicità, non di scherno. La gioia lo riempì, e con migliore lena riprese a scrivere.

X

«Si era rimasti al blocco di Itajaí, vero, frate? Fu un osso duro da sgranocchiare, ma per fortuna si era avvezzi a ogni frangente. Non si aveva documenti, ma decidemmo comunque di tentare, anche perché ben vestiti e a cavallo, così che i soldati ci fecero avanzare, e iniziarono a parlarci con reverenza, pensandoci mercanti o faccenderi. Erano otto militi e un Sergente. Due, coi fucili a spalla, stavano ai cavalletti, pronti a spostarli per lasciare il passaggio ai viaggiatori. Altri due erano piazzati a destra e a sinistra della strada, con i moschetti in posizione di tiro, mentre, al centro della via, andava su e giù il graduato, con pistola e sciabola. I restanti quattro bivaccavano all'interno di una casupola, un poco discosta dal blocco, dove sentivamo le loro battute da caserma. Considerato che il posto di blocco non lo si poteva aggirare, perché la selva ai bordi del sentiero era troppo fitta, avevamo studiato un piano rischioso e violento, come la situazione chiedeva. Cornacchia e il Bettini, con gli schioppi a canna corta, dovevano occuparsi dei due ai cavalletti. Il Ronchi e il Donati, con le pistole, una in ogni mano, dovevano falciare quelli appostati. Io avrei curato il Sergente, e Jolanda, con un fucile imbracciato e uno pronto sulle gambe, avrebbe dovuto tener sotto tiro la porta della baracca. Alla richiesta delle identità da parte del capo posto, iniziò il fuoco. Cornacchia e Bettini andarono a segno, che a pallettoni è difficile sbagliare. Il Donati stese con le pistole il suo soldato, mentre il Ronchi andò a vuoto, perché il cavallo, causa gli spari, aveva scartato di lato, dando la possibilità al milite di sparare, e colpire il Donati a una coscia. Io freddai il Sergente, e Jolanda fece fuoco sul soldato del Ronchi che si apprestava a ricaricare, così che anche quello cadde, ma alla seconda fucilata della mia donna, perché la prima gli aveva fatto volar via soltanto il chepì, mentre l'altra lo prese in pieno petto. Agli spari, quelli della baracca uscirono con i fucili imbracciati, che noi sei quanti eravamo, se ben ricordo, avevamo solo due o forse tre armi cariche ancora. Sparai nel mucchio con un moschetto o con la pistola, non mi rammento, e ne ferii uno, che riverso cadde, tenendosi la pancia. Anche il Ronchi sparò, ma andò a vuoto di nuovo, che il Donati, sebbene sanguinante, fece fuoco da dietro il Ronchi e un altro milite cadde colpito a una gamba. Ne restavano due in piedi, che a loro volta spararono. Una palla mi prese di striscio il naso, bruciandomelo, che per buona sorte mi trovavo girato di sbieco, che altrimenti mi avrebbe spappolato il cervello, mentre l'altra pallottola finì per aria, perché il Cornacchia e Jolanda avevano caricato con i machete, e il soldato, per la paura, era scivolato all'indietro. Eravamo alle armi bianche, che io, con il sangue che mi colava sul petto, finii a taglio quello colpito al ventre e anche l'altro, ferito al polpaccio, che indomito, nonostante fosse a terra, si difendeva con il fucile parandomi i colpi. Fu allora che il Cornacchia riuscì a raggiungere il milite che mi aveva sparato, gli piantò il machete fra le scapole, mentre questi tentava la fuga nella foresta. Ne rimaneva vivo uno solo, quello caduto a seguito dell'attacco di Jolanda, il quale si buttò fra gli arbusti, fuggendo. Questi poi ci denunciò, e anche lì fummo presto dei ricercati. Percorse una ventina di miglia, ci dovemmo accampare, perché il Donati perdeva molto sangue. Fu Jolanda a estrargli la pallottola, mentre noi lo si teneva in quattro, che aveva la forza di un orso. In romagnolo, il nostro compagno sacramentava peggio di un birocciaio, che se ci fossi stato, frate, ti si sarebbero sbiancati i capelli; ma non emise neppure un lamento, che il piombo era andato profondo, ma non aveva intaccato l'osso, in maniera che la mia donna riuscì ad arrivarci e ad estrarla con uno spillone fermaconcio. Poi, una volta tolta la pallottola, cosparse la ferita di polvere da sparo e la bruciò, in modo da purificarla e fermargli l'uscita del sangue. Quindi la medicò con una mistura di peperoncino e olio di palma, fasciandola con un pezzo della sottana. Ancora rammento cosa disse il Donati: "Ti avremmo dovuto avere con noi a Rieti, Jolanda, che i nostri, per una ferita come la mia, non ci avrebbero pensato due volte a tagliarti la gamba". E la mia donna rispose: "Anch'io avrei preferito esser dei vostri in quei giorni, ma il mio patrigno mi stava vendendo al bordello, dove mi ha trovata Luigi". I compagni tutti la strinsero a sé, mentre il Bettini le disse che era una grande signora, che il lupanare non l'aveva per niente sciupata. Perché vedi, frate, ritrovarsi assieme in situazioni difficili, fa sì che le persone rinsaldino i rapporti ogni volta con forza maggiore. E nulla e nessuno ti può dare questa fraternità, come l'essere accomunati dalla miseria, dalla guerra, dal carcere, dal sangue versato, da una catastrofe, da una profonda idea o dalla morte.»

A quella esaltazione fra Martin replicò: «A mio avviso non c'è bisogno di rincorrere chissà quali imprese, per sentirsi uniti ad un altro. Tanto basta riflettere che si è entrambi in questa vita, sebbene vita di atti mediocri, per comprendersi ed essere solidali, perché non esiste necessità pari al dover costruire ogni giorno la forza per continuare, e darsi sempre un oggi decente, o un domani, o anche solo certezze e valori ai figli. Non esistono eroi per la vita, esiste l'uomo che, ovunque, si guadagna il diritto di vivere e avere uno spazio, se pur piccolo, se pure banale. E avere ognuno, ogni uomo la sua dignità, e la sua pace, la sua libertà».

«Scrivi ciò che ora mi hai detto, prete» sussurrò il Compagnoni «perché resti in questo verbale. Io non avrei potuto esprimermi meglio, con quella che il Ronchi definiva la mia demagogia da taverna. E scrivi anche che Manaccia ha lottato in primo luogo per ciò che tu hai detto, prima ancora dell'indole fin troppo impulsiva, portata a sfidare l'ingiustizia e la crudeltà con la spada. Scrivilo, che da bestia ho affrontato la Bestia abbassandomi al suo livello; e di questo mi pento, ma la Bestia coinvolge e ti porta con sé nell'abisso, se non tieni alto con il cuore e la testa il pensiero. Dilaniarsi oltre ora non serve. Scrivi anche che il bello dell'uomo sta proprio nella diversità del suo porsi dinnanzi ai fatti della vita e che, appunto, non si è tutti uguali nella risposta data al destino, e nel narrare le storie diverse per quell'unico fine. E così bello davvero sarebbe, che il parlare è la virtù più sublime che la natura ci abbia donato. E, non a caso, proprio in morte ho scelto il verbo, e non il silenzio, che mi è anch'esso assai caro.»

Il religioso si toccava la gola, per sciogliere il groppo che gli si era di nuovo annodato. Ormai sapeva che Luigi gli parlava con franchezza e che due sincerità, nel parlare, si erano incontrate al cospetto della morte.

XI

«Sanato il Donati, prendemmo a ovest di Blumenau, fondata da profughi tedeschi» proseguì il Compagnoni «che là le montagne iniziano a inerpicarsi scoscese. A Lages ci parve di toccare il cielo, e il freddo era intenso, perché in questo paese si passa da un clima all'altro con facilità estrema.

«Incappammo di nuovo in un fiume, le sorgenti dell'Uruguay, alle quali ci dissetammo. Si era finalmente nella Provincia del Rio Grande do Sul. Avevamo percorso oltre ottocento chilometri in settanta giorni. A Passo Fundo, sull'altopiano, ci scovarono i ribelli Farrapos. C'eravamo accampati sotto un picco roccioso, che affiorava isolato, e loro spuntarono dal Cerrado, la foresta bassa, che tutt'intorno ci circondava. Ci furono addosso che neppure ce ne accorgemmo. Erano di razza tarchiata, simili ai Sertanejo dell'entroterra e vestivano eccentricamente, con fiocchetti e nastri un poco dovunque, anche se lo sporco che si portavano addosso, mi disse Jolanda, impoveriva quelli che erano stati i colori smaglianti dei loro abiti.»

Il malato si fermò per aprire gli sfibrati polmoni. La testa era ancora presente, nonostante la febbre continua e la privazione di cibo, ma il corpo diventava ora dopo ora più debole. «I Farrapos ci tennero sotto il tiro dei loro moschetti, e Jolanda ed io parlammo con loro. A chi comandava il gruppo di circa venti persone, mi avvicinai allargando le braccia, perché ci son gesti che valgono ovunque sulla terra, e in tal modo quello comprese le mie intenzioni non offensive. Si chiamava Evaristo, e a lui dissi il mio nome e che ero italiano. Poi la mia donna si mise a tradurre ciò che, alla meglio, tentavo di fargli capire: "Siamo in sei, come vedi, che da lontano veniamo per unirci a lottare con voi contro chi vi vuol schiavi. Siamo pronti a consegnarvi le armi, perché ci crediate".

«E feci cenno ai miei di slacciare i cinturoni e deporre i fucili, atto che venne apprezzato. Quindi ripresi: "Fatemi incontrare il vostro capo, perché gli possa narrare gli eventi di cui siamo stati protagonisti". Evaristo rispose: "Sono molti gli stranieri che in questi anni si sono mischiati al nostro popolo, alle nostre file, che non mi meraviglia vedervi qui; ma voi siete i primi italiani e so che l'Italia si trova nell'America del Nord, e molte miglia avete certo percorso, e questo vi rende più merito".

«Avevo incontrato chi ne sapeva ancor meno di me in fatto di geografia, e a quella sua frase ci venne un sorriso, che lui perplesso si rabbuiò. Per fortuna intervenne Jolanda: "Evaristo, sta oltre il mare grande, in una terra ancora più lontana". I Farrapos si guardarono l'un l'altro visibilmente colpiti e noi, nel vederli, smettemmo di ridere, che poi, a parte il Ronchi, non eravamo tanto più colti. Evaristo ci rivelò con candore di non aver mai visto l'Oceano e pensava che oltre le Americhe ci fossero solo la Cina e l'Africa. Jolanda lanciò una battuta per divertire i Farrapos: "Voi in faccia non li vedete neri, ma se gli togliete le braghe, sono sotto più neri dei neri, dall'olezzo di mesi che portano". La situazione si allentò in una risata generale, e infine abbassarono i fucili. Evaristo mi strinse la mano dicendo: "Io sono un ignorante, ed è anche contro l'ignoranza nella quale ci tengono che stiamo dando la vita, e capisco che voi, cacciati dal vostro paese per un identico sdegno desiderate venirci in aiuto. Vi porterò da Vaesito, che comanda in questa zona, che è più istruito di me e saprà certo dove si trova l'Italia". A piedi, con le cavalcature alla briglia, dopo circa un'ora giungemmo al loro accampamento, o quello che sembrava tale, perché non avevano tende, ma solo stracci tenuti sospesi da corte pertiche, e sotto quei cenci, la notte, si sdraiavano uomini, donne e bambini avvolti in una coperta. E da sempre se la vivevano in tal modo, che la loro vita non arrivava ai quarant'anni, e a venticinque parevan già vecchi, che Vaesito a trentasette sembrava mio padre e così sua moglie, di due anni più giovane ancora. Vaesito si dimostrò molto interessato al racconto dei moti di Bahia, così come alla nostra storia di prigionieri del Papa venduti al Brasile. Era stato un ufficiale imperiale, che aveva disertato dopo un eccidio compiuto dai soldati di Pedro nella cittadina di Bagé, ai danni di contadini inermi. Persona nel vero istruita, assai più del sottoscritto, era piacevole sentirlo parlare di politica, di nobili cause, di fratellanza, parità, onore... quel famoso onore che è prerogativa anche dei disgraziati. E forse in modo più vero. Ci disse che da quasi nove anni stavano combattendo di guerriglia, che molti dei loro figli erano nati in guerra e già si stavano addestrando alla guerra. Nove anni di privazioni e di lutti. E fece il nome di molti suoi compagni caduti anche se per noi sconosciuti, e andò avanti un bel po', ma era giusto che lui li elencasse, così che anch'io cominciai la mia lista dei morti. Dopo quel rito della memoria i Farrapos della Serra fecero festa, come solo la gente del Sud del mondo sa fare. Sotto un sole a picco, danzarono il lundu, al suono della viola e del sitar, con il bandoneon che faceva da sfondo. Il Bettini, musicista a sua volta e cantore di piazza, e il Ronchi, si affezionarono loro a tal punto, che si privarono ambedue di una pistola per armare un paio di ribelli che possedevano solo il machete. Anche il Donati, non avvezzo a manifestar commozione, si strinse al petto Vaesito, che ricambiò l'intesa. Io fui abbrancato da sua moglie che, piccola e grassa, mi batteva al petto, e cominciò a parlar portoghese e spagnolo misto al loro dialetto, e Jolanda rideva e rideva, e la donna non si staccava, mi benediceva e mi baciava con le sue grosse mammelle schiacciate contro lo stomaco, che quasi non respiravo.

Ci vennero serviti pinga, cachaça e aguardente, liquori duri, ricavati dallo zucchero della canna; poi churrasco di manzo, cavallo macellato e capretto. La notte si fece fonda, le chitarre accompagnavano ancora le gesta narrate. Il sonno ci prese attorno ai fuochi. Jolanda mi dormì con la testa sul ventre. Alla prima luce, Vaesito ci disse che per noi era meglio procedere fino a Santa Maria, che il grosso dei rivoltosi aveva accerchiato. Là c'era bisogno di menti e di braccia allenate allo scontro, e ci offerse per guida un ragazzetto di non più di dieci anni, che portava un fucile segato di canna e di calcio, per poterlo meglio imbracciare.

«Molti salirono su una collinetta per salutarci, mentre la nostra giovane guida si era posta davanti su un asino, che noi di lui ci fidammo.»

Luigi, stanco, chiese a fra Martin di poggiare la penna. Il frate, stiratosi, prese il pane secco, l'imbevve nell'acqua e a piccoli morsi ne inghiottì qualche boccone. Anche se ormai abituato a quel tanfo che ristagnava nella stanza, alternava un boccone a un respiro, deglutendo a fatica e, nel contempo, pensava: "Certo che il Compagnoni ne ha visto nella sua vita. Io, da Campinas, dove sono nato poco a ovest da qui, fino a Rio, ho conosciuto solo libri e mappe, su cui a volte ho trascorso intere giornate. Come l'italiano ha immaginato i colori non visti, così io ho immaginato altre terre, altri mondi, creazioni di Dio".

Poi altre riflessioni corsero alla mente del religioso nel guardare alla finestra: "Ai miei piedi la capitale langue. Rio e il morbo sono ormai una sola entità. Di già con i carri si vanno a raccogliere i morti, e le navi ondeggiano nella baia come troni abbandonati. Chissà se a Ipanema o a Copacabana le ragazze tentano di propiziarsi le antiche divinità africane, costruendo piccoli recinti di sabbia dove cipria, profumi, fiori e candele vengono disposti con cura. È la Principessa Iemanjá che implorano, quella che poi riconoscono nella Madonna Santissima. Di sicuro, davanti agli affreschi di Valentim da Fonseca e Silva, nell'Igreja de São Francisco de Paula, si consumeranno fasci di moccoli, per richiesta di grazia, la vita! Come pure nella Cappella di São Francisco da Penitência, dove i ceri si riflettono sulle pareti d'oro. Il mio maestro, fra Alfonso, mi fece partecipare a un rito pagano del candomblé. In abiti borghesi assistemmo, al suono dei tamburi, alla rasatura di una ragazza scelta quale sacerdotessa. Sul suo capo sangue di gallo sgozzato e piume. E fu molta la mia impressione. Dopo una danza lasciva e sfrenata essa cadde quindi in uno stato di catalessi, per scacciare il malocchio, o per infliggerlo. Dovemmo, il mio maestro e io, scappare di lena, e a segni di croce chiamare gli Arcangeli in nostro aiuto, perché ci sentivamo il demonio alle calcagna. Tante volte ripensai nella mia cella, prima di addormentarmi, a quel corpo flessuoso e a quella musica travolgente, a quei movimenti di addome e di sesso. Ciò lo confessai più e più volte alla mia Guida Spirituale, fra Vasco de Lima, ed egli mi disse che anche a lui era successo, ed era la cosa più umana, e che fossi tollerante con i pagani, e pregassi e pregassi tutte le sere, come unico rimedio alla malattia che mi aveva preso".

Fra Martin consumò il pane, non senza averne dato qualche briciola a Felícita, appollaiata sul davanzale. Era contento nel vedere come la cocorita si stesse sempre più legando a lui, pur se ancora non si faceva prendere, né accarezzare. Poi si avviò verso la poltrona, quasi subito crollando in un sonno profondo, con in mano il rosario.

XII

Fra Martin si risvegliò nello stordimento per il sonno in cui era sprofondato, e neppure il saluto di Felícita gli fu di conforto.

"Forse si è già nel 2 di giugno" pensò il religioso strofinandosi gli occhi "ma non ne sono certo." Tese quindi le orecchie. Anche l'orologio della chiesa dell'Annunciata non batteva più le ore. Il silenzio era totale, e l'intera città pareva avvolta in un panno di feltro, per l'assenza delle ore. Tutto sembrava sospeso nell'attesa di chissà quale evento. Il frate guardò verso il letto del malato, che giaceva immobile, e si alzò per accertarsi del suo stato di salute. Compagnoni riposava come un bambino, neppure sudando e neppure scottando al punto che fra Martin, dopo aver azzardato il pensiero di una possibile miracolosa guarigione si convinse che si trattava del recupero di molti infermi presso la morte, quasi che il fisico umano vada alla ricerca di ogni pur minimo granello di energia, per dare poi la miccia all'ultima fiammata e spegnersi nell'estremo respiro.

Dopo aver meditato, il monaco, sedutosi al banchetto, cominciò a scrivere.

"In Rio, alla pari degli uomini, anche il tempo è morto, e non so più in quale giorno ci troviamo, ma ciò è logico: essendo il tempo invenzione umana, è giusto che cessi assieme all'umanità. Ho dormito pesantemente, ma la stanchezza non se n'è andata. Spero che il Compagnoni si desti al più presto, per non rimanere solo in questa angoscia di limbo mortale. Forse che i ruoli, in tale caotica disposizione di cause e di effetti, si siano invero invertiti, come Luigi, in precedenti riflessioni, ha sostenuto? Fra Alfonso già me lo disse, che si deve rimanere estranei al dettato, perché l'anima del dettatore non si venga a sovrapporre alla tua. Ma di fianco a codesto moribondo non si può fare a meno di entrare nel suo narrare e venirne in qualche modo travolti. Non poteva capitarmi una semplice vergatura di testamento, una banale confessione di banali peccati? Considerata la situazione nella quale invece mi trovo e già essendo in peccato, avendo accettato la sfida, conviene che codesta strada continui, perché forse anch'io possa lasciare una traccia del mio esistere. Carico di tale apprensione, perché potrebbe esser vicino a mia volta il momento dell'addio terreno, rivelo, in piena sincerità, di aver bisogno del conforto di Luigi. Udire la sua voce, quale consolazione alla paura che mi ha invaso, che ormai è il moribondo che scandisce il ritmo e gli spazi di vergatura, anche se ormai non so più chi fra noi sia il testimone e chi il cancelliere. Preferisco quindi tacere, anche se la mia ansia sta divenendo insopportabile, e la bile nera m'invade, generando malinconia e battito veloce del cuore. Ora anch'io mi sento il ventre che brontola enfiato, e m'impone spesso di defecare. La nausea mi pervade e scotto di febbre. Ho il terrore di avere la peste. Forse sono già stato contagiato. Solo l'italiano pare estraneo all'orrore, ma non per follia. Forse ha colto lucidamente la fine che si lega all'inizio. Ancora il vortice, il nulla. Ecco, alla fine, il superamento in lui dell'orrore. Dio mi assista! La peste. La Bestia. La pazzia. Il silenzio. L'orrore. Dio Misericordioso. Dio Vincitore del male e del nulla. Dio lo scuota, così che mi riporti sulla via del resistere. Un aiuto come solo un uomo morente può dare a un altr'uomo morente, e che la condanna sia infine accettata da entrambi."

Avesse saputo la cerimonia che da giorni si stava compiendo a sud di Rio, in una piaga brulla, ma ancora dentro ai confini municipali, ai bordi della Cascatinha, un ruscelletto di breve corso che scende esile dalla Pedra do Conde, ne sarebbe stato ulteriormente sconvolto. Da due o tre giorni alcune migliaia di persone erano convenute su quelle alture, impossibili da controllare da parte dei pochi gendarmi accorsi; i quali, vista l'ostilità della gente, ben presto si erano decisi a rientrare nella città abitata. Seduto là, in vetta alla Pedra Bonita, stava "Papà" Ajuda, come lo chiamavano nella favela di Serra Carioca. Anziano guaritore votato all'umbanda, alla santeria, una setta mistica dedita allo spiritismo, aveva fatto innalzare dietro di sé le effigi dei Santi Cosma e Damiano, nonché quella di San Giorgio e di Pai João, la figura del nero con il sigaro in bocca. Quattro statue di legno dipinto, alte più di due metri, che i suoi adepti, non senza fatica, avevano trascinato fino alla cima. Poi "Papà" Ajuda aveva ordinato di mostrare le immagini di Ogun, il Dio della Guerra, quella dell'Angelo strabico e quella del Caboclo d'Água, il Selvaggio delle Acque, divinità della macumba, e da tre giorni aveva iniziato a vaticinare, predicendo la sorte, lanciando scongiuri contro la peste, trasformando in animali, si diceva, coloro che lo contraddicevano, e intonando canti perché egli e i suoi seguaci fossero risparmiati dall'imminente fine del mondo. La gente vi si recava vestita completamente di chiaro e, nella conca che il vecchio aveva davanti, venivano gettati gioielli e soldi, così da liberarsi del peso della vita. E non solo il popolo andava partecipando, ma anche matrone della società alta e figli di mercanti, e tutti in preda all'isteria, si mutilavano il corpo con lame o si rotolavano anche sulle aguzze rocce del luogo per poi, lividi e insanguinati, farsi immergere dagli aiutanti di "Papà" Ajuda nelle pozze che la Cascatinha formava.

La collina sembrava ormai un formicaio, e sulla cima il vegliardo impassibile, sotto un ombrello di pizzo, invitava la folla a bere l'acqua del ruscello, e tutti ingurgitavano insieme, mentre altri si facevano battezzare e altri ancora si lavavano; così che il rito si trasformò in un implacabile veicolo di contagio, come se molti andassero su quelle pietre per trovare più velocemente la morte, nella speranza di ricevere vita più lunga. "Papà" Ajuda gridava che questi non avevano avuto abbastanza fede in lui e nelle sacre immagini esibite, così che i non ancora contaminati si accanivano contro coloro che avevano ceduto alla malattia, finendo per ucciderli a colpi di sasso. In tale bolgia, chi il giorno prima si trovava ad assassinare, il giorno dopo veniva a sua volta assassinato. Nessuno riuscì a opporsi alla mattanza, neppure il Prefetto Imperiale Behito venne ascoltato. Anzi, il suo arrivo, scortato da una ventina di fucilieri, fu accolto da un fitto lancio di pietre; finché egli stesso colpito, non dovette ritirarsi, dopo aver ordinato ai militi di sparare nel branco. Sei o sette persone caddero morte o ferite, mentre le restanti, per nulla intimorite dai moschetti, perché sostenute dalla magia di "Papà" Ajuda, si buttarono addosso ai soldati, catturandone un paio. Ne dilaniarono le carni con le mani, e le parti strappate dai corpi furono gettate nel ruscelletto. La pazzia, in quell'angolo di Rio, regnava incontrollata. Sempre nuova gente arrivava, catena ininterrotta di vittime, carnefici e vittime.

XIII

Fra Martin sognava di essere un coniglio braccato da un falco, un coniglio in attesa dell'unghiata, e poi del lacerante becco a rostro, indagatore delle sue carni, quando si svegliò, al rumore della pioggia. Corse alla finestra respirando forte, guardò fuori. Il cielo era di un cupo infernale. Acqua non ne scendeva, ma sentiva forte e chiaro il rumore dell'acqua. Allora il monaco abbassò lo sguardo.

In rua do Samitra una lunga teoria di mulatti, con torce "bacchette della pioggia" per i riti stregoneschi, stava sdipanandosi. Erano più di un migliaio, dal volto dipinto con la terra della Mantiqueira, e camminavano con passo legnoso e strascicato. Alla loro testa un pagé, uno sciamano, con maschera di legno e braciere fumante. Il Dio di fra Martin non poteva trovar spazio fra loro. Le bacchette ruotavano e, con denti di uomo legati, piccole conchiglie, pietruzze e artigli di pantera, simulavano il cadere della pioggia.

Anche l'italiano si ridestò, e il frate, contento, si precipitò al banchetto, pronto all'opera, non potendo fare a meno di pensare: "A quelli fuori i loro riti, a noi lo scrivere, che è il nostro esorcizzare".

«Che succede, frate, piove? Per quanto ho dormito? Cristo, mi sembra una vita, e che della mia vita abbia fatto il sogno.» Fra Martin premuroso rispose: «Non so dirvelo, perché anch'io ho dormito a lungo e del tempo non ho più la cognizione. Mi fa piacere risentirvi. Mi è parso di esser rimasto solo millenni, come se fossimo naufraghi su una zattera in mezzo all'Oceano e che insieme soltanto, si potesse avere speranza di toccare la terra e raggiungere la salvazione».

«Ma dimmi, piove per davvero?»

«Non piove, sono i mulatti che agitano le bacchette della pioggia» rispose fra Martin. «Gente che non ho mai capito e mai capirò» replicò il Compagnoni «non per superiorità, ma perché ne sono lontano... Sovrannaturale, liturgie, superstizioni... Io voglio tener fuori la testa, e non farmi e non fare illusioni. Non ti sembra una buona morale? Loro almeno sono dei primitivi, noi che facciamo? Corriamo in chiesa a batterci il petto e a implorare il perdono, la grazia oppure il miracolo. Ecco, frate, tu e tutti coloro che vanno ad agitare il rosario davanti a una statua, perché l'uomo non ce la fa a campare dominato dalla interrogazione e dal panico!»

Fra Martin ascoltava Luigi, storcendo la bocca, ma non lo fermò, tanto era stato il desiderio di risentirlo parlare.

Il malato portò le mani alle guance.

«C'era, a Santa Maria del Rio Grande do Sul, uno che la pensava come me, un certo Mátacic o Mlátacic, un dalmata giunto in Brasile per cercar prove e battaglie. Lottava con noi a fianco dei ribelli, e ci trovavamo spesso a bere e a parlare. Lui la buttava in veneto, che io potevo capirlo anche nei concetti più complicati, e la sapeva lunga sugli uomini e sull'universo, che aveva studiato prima dai preti e poi con Sergio Sebrelli, un famoso professore di Venezia. Diceva che solo nelle nostre mani sta il segreto dell'Universo e che perciò mai si era attenuto alle leggi imposte dalla società, ma solo a quelle che all'atto gli suggerivano il suo ragionare e il suo particolare senso morale, intuito, estro. Non che si tirasse indietro, quando i compagni avevano necessità; ma, una volta sceso in campo, agiva secondo le sue particolari convinzioni, e non secondo gli ordini dei comandanti o l'andamento generale, così che compì dei sublimi gesti di coraggio, impensabili se fosse rimasto nella massa degli attaccanti. Mlátacic combatteva in solitaria, secondo i suoi personali princìpi, e da lui ciò ho imparato: a estraniarmi dal gregge e a restar solidale ai fratelli di lotta. Il dalmata morì in uno degli attacchi alle mura, che da unico, nonostante il divieto del comandante, si era arrampicato ad arpione fino a una torretta, e là aveva fatto un macello, che quella volta non so quanti imperiali riuscì a uccidere; ma alla fine, ritiratisi i rivoluzionari, lui rimase staccato dagli altri, che i soldati di Pedro lo presero e lo impalarono ad un terrapieno, che noi tutti lo potemmo vedere. Il dalmata mi aveva lasciato un biglietto, da aprire solo in caso di dipartita, che diceva press'a poco così: "Ogni genere di limite materiale e spirituale è nemico mortale della volontà di lottare e di esistere, di fare il proprio destino, dell'energia vitale che dentro portiamo. L'errore di un combattente è più prezioso della verità di un saggio. La vita del singolo per nessuno è importante, tranne che per lui medesimo. Quel che invece conta è sapere se egli vuole escludere questa sua vita dalla storia difendendola ai margini, o se è disposto a sacrificarla per essa. L'uomo d'azione si misura con il suo destino; nell'uomo pavido si agitano inefficaci dei sogni che rimarranno sempre soltanto dei sogni. Ogni cosa va quindi conquistata, e mai difesa, perché nel difendere alberga il germe del possesso, dell'egoismo, dell'arrestarsi sazio. Ogni cosa va conquistata e lasciata in favore di una nuova conquista. Chi è stato ribelle o rivoluzionario lo rimarrà per sempre, perché questa è la sua vita, dovunque il mondo lo chiami".»

Il Compagnoni si girò sul suo fianco preferito, mandando un sospiro e i due uomini rimasero a lungo in silenzio. Felícita era volata sulla spalla del frate, poi era scesa sul foglio, camminava sulle parole, e ogni tanto picchiettava questo o quel carattere. Infine la cocorita, quasi capendo che la magia della scrittura era contenuta nella boccetta d'inchiostro, di colpo vi ficcò la testina, ritirandola nera. Frenetica, cominciò a sfregarla e a sfregarla sulla carta di banano, lasciando segni bizzarri e goccioline di inchiostro. Fra Martin pensò di lasciare testimoniata anche l'opera del pappagallino, perché non accadeva tutti i giorni che un uccello intervenisse nella scrittura. Il Compagnoni, dopo aver agitato la testa a destra e a sinistra per un poco, cominciò a sussurrare fra sé e sé: «Sono completamente cieco. Non distinguo neppure il bagliore che entra dalla finestra, e dai rumori che vengono dalla strada riconosco che è giorno. Troppa carne ho messo al fuoco, che sono andato giù di scure e mai ho rifinito di cesello. Sono stato troppo impulsivo, frate, troppo preso dall'affanno di fare e di fare, che non mi sono mai dato tregua. La paura di scendere a compromessi con il mondo mi ha spesso impedito di ponderare. Forse ora comprendo che l'ansia che l'uomo porta del tempo non è altro che ansia di morte, doversi rimproverare di non avere agito abbastanza, di non avere vissuto per intero quest'unica possibilità che la natura concede. Forse adesso non mi resta che dire che anch'io della morte ho avuto il terrore, perché ho temuto di perdere tempo. Ora la peste ci libera entrambi dal tempo e dalla morte, e finalmente possiamo darci una sosta, per parlare. Per ritrovarci come uomini assieme. La peste ci ha liberati dalla paura del tempo».

Alle parole del Compagnoni il frate non riuscì a trattenersi: «Siete ancora in tempo per darvi alla grazia di Dio. Potete ancora trascorrere le ultime ore che vi separano dalla morte confortato da tale luce. Non vi resta che ammettere che esiste un'altra esistenza possibile, oltre a quella del continuo lottare; la possibilità che il Cristo ci ha donato, e che voi, con quel che è uscito dalle vostre labbra, avete inteso. La possibilità data dall'amore, l'amore che risiede nel battito del vostro cuore e nel respiro dei vostri polmoni. L'amore primo, quello naturale, quello che, non appena concepiti, avvertiamo all'interno dell'utero materno come protezione».

Il Compagnoni si girò sull'altro fianco, dando le spalle al religioso. «Le tue parole sono dolci, frate, ma è la ragione che m'impedisce di smettere di ragionare, così che per me non ci sarà mai tranquillità. Non tradirò mai la ragione, monaco. Non rinnegherò mai che l'uomo è, proprio perché ragione incarnata, materia che ragiona su se stessa. No, non getterò al vento tutta la mia vita.»

A fra Martin gli occhi si riempirono di lacrime, e le mani coprirono il volto, e a lungo si carezzò le palpebre, e insieme la fronte, la bocca, la giovane barba. Desiderò smettere di scrivere e lasciare in fretta quella casa, ma subito se ne pentì. Anch'egli era uomo d'onore e il giuramento che aveva fatto all'atto di divenire sacerdote gli tornò alla mente. "Su di un giuramento" egli pensò "si può impostare un'intera esistenza. Se ora me ne andassi, a mia volta non sarei coerente, e l'uscire sconfitto da una battaglia potrebbe divenire valido motivo per una resa totale. Oltre al patto che ho fatto con il Signore, anche la peste mi induce a restare, perché credo di essere anch'io contagiato, e che poco mi rimanga da vivere. Perciò Dio mi aiuti, e ritorni ad ascoltare l'urlo e il pianto degli uomini."

XIV

Nella silenziosa casa di rua do Samitra il Compagnoni chiese al frate di scrivere e fra Martin, dopo avere fatto bere il malato e aver bevuto a sua volta, riprese la penna e con la manica del saio si asciugò il sudore dalla fronte.

«Là, a Santa Maria» iniziò Luigi «accampati in modo di fortuna, siamo stati tre mesi e, come a Rieti, ci decimarono carica dopo carica, barricata dopo barricata, perché non avevamo l'artiglieria. Ricordo il fumo, e la sabbia, una sabbia finissima che ristagnava in sospensione anche per giorni, entrando nella bocca, nel naso, nelle orecchie, negli occhi. A causa sua, in occasione di molti attacchi, si vedeva a fatica chi ti correva dinnanzi, che pareva di andare verso l'ignoto e ti accorgevi dei caduti solo quando arrivavi a ridosso dei corpi, e dovevi saltarli. Per una settimana riuscimmo a tenere il bastione est della città, che l'assedio pareva a una svolta, ma i soldati di Pedro, caricati due cannoni a mitraglia, cominciarono a batterci per intere ore, che non potevamo alzare le teste oltre i muriccioli. Poi, cessata l'artiglieria, vennero sotto i loro fanti, e potevamo restituire ciò che fino a quel momento avevamo subito. Di nuovo i cannoni e il tiro a mitraglia, e noi giù, poi ancora i fanti, e così via, per sette giorni, che solo durante la notte potevamo mangiare qualcosa e pisciare in piedi, da uomini, perché se ti scappava di giorno, te la dovevi far nelle braghe. Rimasti ben pochi, mollammo in fuga il torrione costruito dai portoghesi un secolo indietro e cercammo altre strade. Noi italiani si agiva alle dipendenze del Colonnello Agustín Sarreto, un uruguaiano in esilio dal suo paese anche lui per motivi politici, che già lottava coi Farrapos da più di quattro anni. Sarreto, essendo al tutto per tutto, ci aveva ordinato di scavare una galleria con l'intenzione di sbucare dietro la seconda linea fortificata degl'imperiali. Al Ronchi, al Cornacchia e al sottoscritto parve subito un'idea balzana, suggerita dalla disperata situazione. Infatti il terreno dove il tunnel avrebbe dovuto spingersi era formato da creta are-

66

naria e da silice misto a sabbione di riporto, per cui si rischiavano crolli su crolli, e lo scavo si sarebbe prolungato per troppo tempo, dovendo percorrere più di 300 metri sotto il suolo. Ma Sarreto s'intestardì su quel progetto, e il giorno dopo i ribelli cominciarono a darci dentro di vanga e piccone, e si andò a basso quattordici braccia; poi si cominciò a scavare in orizzontale, puntellando la volta della galleria con assi e traverse in legno, per un passaggio largo poco più di un metro, che solo due uomini alla volta potevano in testa raschiar la parete, intanto che gli altri, con ceste e secchi, portavano fuori la terra. In dieci giorni avevamo perforato l'arenaria per non più di 50 metri, poi capitò l'inevitabile. Le vibrazioni dei colpi di cannone degli imperiali aprirono fessure nell'impalcatura, e il sabbione cominciò a filtrare, e si aprì anche una vena d'acqua, e il crollo fu inevitabile. Trenta compagni rimasero sepolti là sotto, e nessuno lo estraemmo vivo, che dopo alcune ore decidemmo di smetter lo scavo e l'azione di soccorso. Il Colonnello Sarreto si sparò una pistolettata in bocca, e a lui succedette il Maggiore Burlé, un tipo duro, che aveva avuto la famiglia trucidata dai soldati di Pedro. Con Burlé stringemmo amicizia, che egli ci chiamava la Banda dei Passionari, e ci voleva al suo fianco ogni qual volta si decideva il da farsi. Al Ronchi, prossimo sul campo al grado di Tenente, affidò anche l'incarico di presidiare la strada che veniva da Cachoeira, tramite la quale gl'imperiali stavano tentando, già da alcuni mesi, di raggiungere Santa Maria, provenienti da Porto Alegre. Il Ronchi volle me, Jolanda e il Cornacchia come aiutanti di battaglia; così, nei pressi di São Carlos do Sul, apprestammo alcune nuove fortificazioni. Con noi erano oltre 150 Farrapos e altri compagni arrivati da ogni parte del mondo, al punto che le lingue e le usanze si mischiavano come in un'esaltante Babele. Dopo tanta buona sorte, il lutto colpì noi di Romagna. Venne ucciso il Bettini, mentre scalava una terrazza da cui sparare con maggior campo di tiro, e dopo due giorni ci lasciò anche il Donati, appena guarito dalla ferita di Itajaí. Giovanni Bettini era di Forlì e, come già ti dissi, faceva il pescivendolo. Nelle sagre di paese, si esibiva in simpatiche filastrocche recitate in dialetto romagnolo, accompagnato dall'ocarina. Cantava delle storie contro la tirannide, oppure d'amore o di gelosia, che la gente di Romagna lo conosceva e gli voleva bene. Di corporatura media, portava i capelli lunghi fino alle spalle, che spesso se li annodava di dietro. Dal viso scavato e dalla mosca sul mento, nonostante non fosse una bellezza, alle donne piaceva e lo dicevano un amatore dei primi, perché alle femmine gli artisti piacciono, anche se di strada, fra l'avventuriero e il giramondo, e su questo creano il mito. Di carattere socievole, Giovanni non si tirava mai indietro dalla battaglia e, della Romagna, andava matto per le lumache di mare al sugo e i bigoli conditi con il nero di seppia. Teneva molto alla persona e, le rare volte che era possibile, faceva un bagno nella tinozza e ci stava anche due ore; poi si dava il bergamotto che aveva comprato a Bahia da un'ampolla tenuta dentro la sacca della sella. Aiutato dal Ronchi, scriveva in un taccuino dei motti in rima che ci recitava durante le lunghe marce, anche sconci, che ci mettevano allegria. Diversamente Matteo Donati, detto il figlio della Sabella, macellaio in Bagnacavallo e Villanova, Legazione di Ferrara, era di indole chiusa, parlava poco e, quando lo faceva, tirava giù diritto, senza peli sulla lingua, che per coloro che non lo conoscevano poteva risultare anche antipatico. Giunto in Brasile, si era fatto mettere due anelline ai lobi delle orecchie, che sembrava un pirata. Di corporatura robusta, ostentava dei muscoli da facchino, e riusciva a piegare dei pezzi di metallo con le sole braccia. Ammattiva per le zucchine, che si mangiava anche crude, e per i cetrioli. E tale passione culinaria la divideva con i russi che assieme a noi combattevano, perché ce n'era una colonia di sette o otto, tutti di San Pietroburgo, fuggiti dalle persecuzioni, perché ebrei o antizaristi; assieme a loro anche giudei polacchi e ungheresi, o ucraini, che avevano avuto molti familiari trucidati da improvvisa voglia del sangue di ebrei della gente del posto. Stessi paesi, quartieri, palazzi. Vedi, frate? Il buio della ragione, che fa buio anche dell'essere umani e fratelli. Il Donati si trovava bene con loro, perché pur essi taciturni; oppure stavano a commuoversi alla musica di un organetto che un russo tirava sempre fuori. Il Ronchi diceva spesso al Donati: "Smetti di farti del male con la nostalgia, che devi dimenticarti di com'è casa tua, che sei stato condannato a vita all'esilio". E Matteo ribatteva: "Pensa per te, che a me piace di ricordare, che è l'unica passione che mi resta, oltre a quella di combattere, e la Romagna e l'Italia le voglio qui, nel mio cuore". Seppellimmo Giovanni e Matteo con un unico funerale, su una collinetta che guardava il fiume Jacuí. Il Ronchi, aiutato da Jolanda, dipinse su due tavolette di legno il Tricolore italiano e le depose sui tumuli; poi, dietro ordine del Maggiore Burlé arrivato per l'occasione, che ci fece molto piacere, i Farrapos scaricarono in aria una salva di fucileria, e noi con le lacrime agli occhi, che un'altra parte del nostro sangue se n'era andata in America...»

Il Compagnoni si arrestò, visibilmente scosso, e cominciò anche a tossire. Fra Martin lo ripulì alla meglio del muco, e gli fece annusare l'aceto.

«Con il Cornacchia e il Ronchi» ricominciò l'ammalato «decidemmo di andarcene da Santa Maria, che Jolanda da tempo ce lo consigliava, perché le donne intuiscono prima se una partita è ormai persa. Non avendo altri obblighi, salutato Burlé, che con lui a lungo restammo abbracciati, il Maggiore ci diede viveri, polvere da sparo, pallottole e utili consigli. E prima che salissimo a cavallo parlò, che ancora ricordo: "Vi siete comportati con dignità e coraggio e avete lasciato due dei vostri sul campo, che il Brasile rivoluzionario vi è riconoscente. Mi dispiace non poter dividere con voi altri giorni della mia vita, perché io, come voi, sono nato per combattere e qui combatterò fino all'ultimo, per onorare anche gli amici Bettini e Donati. Noi Farrapos abbiamo giurato di prendere la città o di morire".

«E più di 2.000 ribelli creparono senza che Santa Maria cadesse, e fra loro anche il nostro Maggiore, il quale, assieme ai suoi fidi, fece un ultimo attacco suicida alle truppe del Generale Koch, un mercenario tedesco al soldo di Pedro, facendosi esplodere con un intero deposito di munizioni degli imperiali, assieme a molti loro soldati. Noi, presa la strada per Cachoeira do Sul, ancora presidiata dai ribelli, giungemmo alla periferia di Porto Alegre dopo una decina di giorni. Entrammo in città dalla parte della selva, meno presidiata dai soldati imperiali e, nella baia di Guaíba, affittammo una baracca su palafitte, con pontile e rete da pesca. Avevamo bisogno di un poco di sosta. Mentre i compagni riassettavano la casupola, portando brande, una stufa di ghisa per cucinare, che il Cornacchia trovò non so dove, io passavo intere giornate sul pontile a far scendere e salire la rete, che una quantità così abbondante di pesce in vita mia non l'avevo mai vista. L'America è ricca anche di questo, e ogni cosa è più grande. La natura dà il meglio, che i pomodori son tre volte di quelli che abbiamo in Italia, e così le patate, le melanzane, i fichi, le cipolle, i chicchi del mais. Come mostruosi gli insetti. Così le galline e i tacchini. Ero diventato in tal modo, in quel barrio, il distributore di mecce e di spigole, che i nostri vicini mulatti, meticci, indios neri, ogni giorno scambiavano il pesce con cesti di vimini pieni di frutta, statuette di legno, e financo con un cucciolo di cane, al quale Jolanda si affezionò, e lo chiamammo Giuseppe come il Mazzini, come il Ronchi, che non la prese per bene, e sempre diceva "Sono qua" risentito, quando Jolanda chiamava il suo cane. Intanto il Cornacchia, che era il più scaltro del gruppo sebbene bruttissimo, si trastullava come un ragazzino con le signorine locali, attirandole come un melone le vespe. E sebbene temessimo le gelosie di genitori, fidanzati, mariti, nessuno dei nativi mai se la prese; parevano anzi orgogliosi di quelle attenzioni, anche perché Bartolomeo, da furbo com'era, mai s'imbarcava in avventure con donne che sospettava di altri, e sempre fu rispettoso degli usi e delle tradizioni locali. Ma non passò inosservato che tre bianchi e una creola vivessero assieme in un quartiere di miserabile gente di colore. E ben presto giunsero i gendarmi della Polizia Civica, prima vestiti in borghese per osservare, che noi sentimmo il puzzo di sbirro lontano un chilometro e, per un giorno, restammo rinchiusi nella baracca, mentre quelli facevano invano domande a destra e a sinistra. Quindi arrivarono in divisa un Caporale e due agenti, a bussare alla porta. Noi uscimmo, Jolanda e io sul davanti, il Ronchi e il Cornacchia dal retro, ma non si fece tempo a spiegarci, che quelli buttaron le mani alle armi. La mia donna veloce, da dietro, ne stese uno. Il Cornacchia, sebbene protetto dall'angolo della baracca, venne ferito di striscio ad un braccio, mentre il Ronchi e io accoppammo gli altri due, che uno stramazzando ammazzò il cagnolino con la sciabola e Jolanda lo finì con una pistolettata in fronte. Sellati i cavalli, lasciati i due asini e roba non necessaria, scappammo al galoppo verso l'interno, dove restammo un buon anno, che di questo poi ti dirò.»

Il Compagnoni chiese acqua, e fra Martin gliela versò in una tazza, dal barilotto ormai agli sgoccioli. Il frate pensò che narrava storie davvero incredibili, se non avesse saputo dal racconto di altri di parte avversa e dalle cronache dei suoi fratelli cappuccini, che nel Rio Grande do Sul andò proprio così e che anche certi monaci, sospesi e scomunicati, avevan combattuto all'assedio di Santa Maria coi ribelli, perdendo la vita. E uno solo era tornato a Rio, dove aveva pubblicato un trattatello messo all'indice dalle Autorità Ecclesiastiche, Civili e Militari, ma del quale aveva potuto leggere copia, rimanendo turbato per come un religioso potesse aver abbracciato la causa rivoluzionaria e senza rimorsi nei confronti di Dio. Enrico do Monte Azul, così si chiamava quel sacerdote, non sapeva che fine avesse poi fatto.

XV

Fra Martin si scosse dal sogno e dal sonno. L'italiano lo stava chiamando: «Svegliati, frate. Svegliati, che devo dettarti. Devi scrivere quello che facemmo quell'anno sulla Serra, vedrai che ti terrò impegnato. Sul cassettone c'è una scatolina. Vai, portami una pallina di oppio, che solo con quello ormai riesco a pensare e a tirare avanti».
Il frate, ancora sperduto, eseguì la richiesta.

In Rio si scavavano fosse un po' ovunque, perché i cimiteri erano ormai pieni. La calce veniva sparsa per le strade, i piccioni erano volati via dalla piazza e più nessun uccello transitava in quello spazio di cielo, che soffocante chiudeva come in una cupola la città. Sui muri esterni delle abitazioni i pittori di strada andavano a dipingere i nomi dei morti, così che il centro cittadino era divenuto una smisurata serra nella quale fiori di vernice sbocciavano a ogni angolo. Le tinte prelevate dai magazzini e dai negozi stavano finendo, e ormai si ricordavano i defunti usando i belletti delle donne. Anche il legno per fare le casse era terminato, e si cominciò a dar mano alle porte e agli armadi. Sulle banchine del porto c'era chi, zavorrati i cadaveri con massi o catene, li gettava nel mare. Due orchestrine in piazza dell'Independência, ai due opposti cantoni, ininterrottamente suonavano dei samba, quale estremo saluto della Capitale ai suoi abitanti. Qualcuno arrivò a indossare gli abiti che venivano usati durante il Carnevale, nessuno faceva più caso a nulla. Vedevi scheletri, ragazze povere travestite da dame, paggi, diplomatici con le piume sui cappelli, cardinali... Che almeno si morisse da gran signori. Poi maschere con la faccia da cavallo, da gallo, da serpente, da giaguaro, da pellicano. Ragazzetti sui trampoli, altri con tamburelli in mano, alcuni che scarriolavano gli amici su trabiccoli improvvisati, e chi fischiava e fischiava... e la gendarmeria lasciava fare. Ci si accoppiava anche lungo le strade, dentro gli androni dei palazzi, nei giardini. Solo quando i domenica-

ni, in una delle cappelle di Nossa Senhora do Monte do Carmo, trovarono giovinastri fra loro in sodomia, la milizia venne chiamata, e quelli furono fucilati immediatamente sul sagrato della basilica. Non mancava chi di malavita approfittava della situazione: furti, grassazioni, omicidi a scopo di rapina. Al Santo Cristo si sparò per un intero pomeriggio, perché una banda di un centinaio di persone, saccheggiata una caserma, diede il via a un conflitto a fuoco con i gendarmi, e oltre venti furono i morti. Venne violentata la ricca vedova Conchrane e le sue due figlie dagli stessi servitori, e quindi sette bambini furono trovati seviziati e decapitati al Saúde. Sembravano perduti tutti i freni, e la violenza e l'orrore degli uomini, unito a quello della peste, sembrava farsi ogni giorno più grande. La voce si propagò in tutta la città, e chi diceva che erano stati gli agenti della Polizia Segreta di Pedro, chi stregoni del Macapé, chi cittadini squilibrati dal morbo. Infine, si diede la colpa a tre equadoregni, perché dai vestiti insanguinati. Loro gridavano di essere macellai, ma la folla, portatili sull'Ilha das Cobras e denudatili, strappò loro i genitali, e li lasciò morire per dissanguamento. Anche a Copacabana la bestialità esplose. Alcune suore del conventello di Lagoa vennero sgozzate da due pescatori, che si dissero pervasi dallo spirito di Bebenado, la grande onda oceanica che preannuncia l'inverno. E così si andò avanti. Ogni vaneggiamento prendeva forma, e ogni fantasma sostanza.

«Da Porto Alegre ci dirigemmo verso Camaquã, per poi girare verso le colline, che Bagé era la nostra prima meta, continuare quindi alla volta di Melo, in Uruguay, e raggiungere Treinta y Tres, dove il Colonnello Sarreto ci aveva detto che risiedevano coloni italiani. Il viaggio fu come sempre duro e difficile, perché i Farrapos in rotta erano inseguiti dalle milizie di Pedro, in un'orrenda caccia all'uomo, volendo gl'imperiali stroncare il moto rivoluzionario che li aveva tenuti impegnati per quasi dieci anni. Noi ci muovevamo sempre protetti dalle tenebre, che così impiegammo il triplo del tempo, ma, in questi casi, le precauzioni non sono mai troppe. A Sartiria partecipammo comunque ad alcuni conflitti a fuoco, perché dei contadini erano stati presi di mira dai soldati, e per due giorni, per fede, ci battemmo al fianco di quei poveracci. Tutti gli scontri avvennero nella boscaglia, che è difficilissimo combattere, non sapendo mai se i nemici ti stanno davanti o di dietro; ma alcuni indios e gauchos costantemente ci facevano attorno quadrato. E uno dei capi ribelli mi disse: "Italiano, da sempre fa più vittime la speranza della furbizia, ma è meglio crepare credendo, che vivere da astuti codardi".

«Fermai subito il Ronchi, che stava per filosofare a sua volta, perché sotto le pallottole è meglio pensare alla pelle, più che parlare. Di nuovo il Cornacchia venne ferito, e perdette mezzo orecchio e lui, come un pazzo, lo cercava nel fango, perché, se trovato, Jolanda glielo potesse cucire. Ma l'orecchio è ancora laggiù nella melma, che gli fasciammo la testa come a uno che soffre male di denti. Imbottigliati dai miliziani dentro un villaggio di dieci capanne, in un numero esiguo e loro dietro tra il fogliame, e i tetti di paglia che presero anche a bruciare, decidemmo di inforcare i cavalli e darci dentro di speroni, alla fuga. Una pallottola forò la sacca del Ronchi, la quale, lacerandosi, lasciò cadere i taccuini, la penna da scrittura, una bussola che aveva comprato a Bahia, un paio di scarpe di scorta, e altri oggetti ai quali era legato. Ed egli, da pazzo, voleva tornare, ma il Cornacchia gli prese le briglie e lo trascinò via, che Giuseppe malediceva come mai lo avevamo sentito. Una seconda pallottola prese di striscio Jolanda alla gola e una terza le entrò nel polpaccio passandolo senza far danni. Io mi salvai da una palla nella schiena per una giberna che portavo a tracolla, ma un'altra mi strappò il corpetto e la camicia, ustionandomi il fianco. Infine fummo salvi; mentre i contadini, lo sapemmo in seguito, furono tutti ammazzati, perché vedendo noi altri partire di sprone avevan tentato lo stesso, ma gl'imperiali, compresa la mossa e dispostisi su due linee di fuoco, spararono a ritmo incessante. Le baionette fecero il resto. Passato alla buon'ora il confine, andammo avanti pagandoci il cibo e il dormire con le monete rubate alla chiesa dal Cornacchia, perché i reis gli uruguagi non li volevano, essendo tanto ostili ai brasiliani e perché da anni non più in commercio con il Rio Grande do Sul, anche a causa delle rivolte. Solo i contrabbandieri scorrazzavano impuniti, che ritornavano in Uruguay con oro ed argento, tramite i quali i Farrapos acquistavano armi. Come sempre la guerra ingrassa solo sciacalli e chi è senza scrupoli. A Treinta y Tres, che mai sapemmo perché si chiamava così, ci appoggiammo a una locanda. Ormai si era avventurieri a tutti gli effetti, e ogni giorno si doveva pensare al sostentamento, perché, se sei combattente per una causa, i contadini ti aiutano, ma se sei sbandato, nessuno ti dà da mangiare. Venimmo a sapere che a una ventina di miglia un allevatore di origine italiana, certo Don Nicolò Esposti, cercava braccia per la sua tenuta. Fu il prete di Treinta, che ci indirizzò verso quel proprietario e ci scrisse anche una lettera di presentazione, non sospettando di avere dinnanzi degli ex galeotti repubblicani e anticlericali della fiera Romagna, perché noi, se serviva, sapevamo convincere anche il Demonio, e in particolare il Ronchi era bravo, che, come ho detto, aveva una cultura e con le parole se la cavava da papa, e tanto ho appreso da lui. Così che anche l'Esposti, dopo il saluto del Ronchi, ci accolse nella sua fattoria con calore. Veniva dal Sud, da Caserta, dove era stato primo cocchiere dei Borboni. A ventisei anni, stanco di quella vita di corte e bruciato dal desiderio di azzardo, si era deciso a prendere il mare. Giunto a Montevideo e spostatosi all'interno, in luoghi di conquista, si era fatto un'azienda di 90.000 acri di terra, in cui pascolavano più di 500 fra puledri e giumente, 2.000 bovini e 7.000 pecore, dei quali forniva l'esercito uruguaiano. Don Nicolò aveva modi franchi, quarantotto anni allora e una bella moglie sudamericana, nonché sette figli, quattro maschi e tre femmine, dei quali, il più grande, avrebbe compiuto diciotto anni. Al suo servizio teneva una ventina di gauchos con le famiglie, trenta indios che seguivano le pecore, e otto guardiani, così li chiamava, che erano uomini esperti nell'usare le armi; ma aveva sempre bisogno di nuova gente per mandare avanti i campi di mais e le vigne, perché la sua azienda era grande, e aveva anche la fama di essere un buon padrone. Raggiungemmo l'accordo che ci avrebbe pagato in sterline. Noi uomini alloggiammo in una rimessa di mattoni, mentre Jolanda fu ospitata in casa dell'Esposti, perché alla signora serviva una donna di fiducia e di compagnia. Don Nicolò volle sapere di noi solo il nome e la parte dell'Italia da dove venivamo, niente altro, che poi avrebbe giudicato da solo se eravamo persone affidabili e degne. Aggiunse anche, al contratto sulla parola, che alla fattoria non si faceva politica e che ogni questione doveva esser risolta senza violenze, che ai fatti e alle armi si ricorreva solo all'estremo; così che ci stringemmo la mano. Fummo destinati a seguire le mandrie nei pascoli liberi, posti fuori dal confine della proprietà, e in tal modo passammo l'intero periodo. La vita piaceva, si stava sempre all'aperto e, attorno ai bivacchi, si discuteva fra noi, che il Ronchi ci dava lezioni di storia, di geografia, d'italiano, che sapevamo solo il dialetto romagnolo, e diceva anche della Bibbia, dei Vangeli, perché aveva studiato in Seminario. Ma soprattutto, poi trattava della Rivoluzione Francese, Napoleone, naturalmente Mazzini, sulle origini illustri della gente italiana e sui diritti dei popoli di gestirsi come esser governati, e che il massimo dei sistemi era una Repubblica, e che il nostro obiettivo era tornare in Brasile, e, fatti denari, imbarcarci per l'Italia di nuovo e là combattere preti, sovrani, granduchi, formare uno Stato unitario, dare a tutti gratuitamente le scuole, incrementare le arti e le scienze, costruire ospedali più moderni, tutelare il lavoro e creare fondi di mutuo soccorso per bisognosi e malati, e portare la nostra rivoluzione della democrazia e della repubblica nel resto dell'Europa e nel mondo. Tali idee ci convincevano tutti, e prima di addormentarci pensavamo a quel modello sociale, che ognuno di noi il mattino seguente diceva la sua, oppure si domandavano al Ronchi altre cose. Unico inciampo fu che al Cornacchia scoppiò "il mal francese", che se l'era preso non si sa dove, forse nel barrio di Porto Alegre. A Bartolomeo prima gli venne la febbre, che lo riportammo alla fattoria, che a stento riusciva a stare a cavallo; poi gli apparvero chiazze sul collo, come una collana, e gli occhi gli rimanevano gonfi, mentre dall'organo genitale gli usciva materia infetta mista a gocce di sangue. Fu Jolanda, avvezza per antico mestiere a quei mali, a fare la diagnosi, che decidemmo di non dirlo all'Esposti, mentre la mia creola s'impegnò coi rimedi che aveva appreso dalle mammane in bordello. Entro un mese, con decotti di ortiche, lavande di menta, cialde d'aglio e cipolla, nonché tisane fatte con radici, muffe ed arbusti della prateria, rimise in piedi il Cornacchia, che la temperatura ridivenne normale, non gli bruciava più il membro quando urinava, e i segni sulle spalle sbiadirono, finché tornò a cavalcare. Per tempo fummo presi dal dare la caccia ai conigli selvatici, che avevano figliato in modo incredibile, e dalle cui tane erano traforati acri e acri di terra col rischio che i cavalli o le bestie di peso, sprofondando gli zoccoli, rimanessero azzoppati. I gauchos ci diedero cani atti a stanarli, inglesi di razza, con le gambette insaccate e il pelo corto e fulvo (come il Ronchi mi disse, perché ai miei occhi erano viola). I cani s'infilavano nei buchi dei conigli stanandoli e noi con schioppetti ad un colpo, caricati a mezzi pallini, li uccidevamo. Ricordo che ne abbattemmo circa quattrocento in un giorno. Conciavamo le pelli, e le carcasse le buttavamo in una fossa coperta di un velo di calce e sopra alzavamo un cumulo di terra e di sassi, perché i cani e i gatti selvatici raspando non ci arrivassero. In quattro mesi ripulimmo i pascoli di Don Nicolò, il quale oltre alla paga, ci diede di ricompensa una sterlina d'oro a testa.»

XVI

Il monaco andò a bagnare il pennino e, quando fu di nuovo pronto per scrivere, il Compagnoni riprese. «Imparammo anche a catturare gli struzzi americani. Usavamo, che ci dissero esser costume in tutto il bacino del Rio della Plata, palle di legno ricoperte di cuoio e legate fra loro da una corda lunga anche due metri per braccio. Le bolas, come le chiamano i gauchos, non è facile usarle, che il Ronchi non imparò mai e andò spesso a rischio di spaccarsi la testa da solo, o di strangolarsi. Io mi distinguevo bravamente e il Cornacchia e gli uruguaiani mi davano pacche sulle spalle. Il segreto sta nel farle roteare sul capo usando solo tre dita, dopo che si è dato ad esse velocità, servendosi di ambedue le mani, fra le quali passarle; e infine, quando vanno come pale di un mulino a vento spronate dal maestrale, usare un dito solo, che tanto viaggiano e a giusta distanza fra loro, così che basta un unico fulcro perché ruotino spedite. Quindi, arrivati dietro allo struzzo, che è invero uno strano animale, e corre più di un cavallo, e se la prima volta lo sbagli, non riesci più a prenderlo, fare arco con il braccio che porta le tre palle e scagliarle, che le bolas si attorcigliano alle zampe del pennuto, e lui stramazza al suolo. Così puoi tagliargli la testa e caricare il pesante corpo su un carro, che poi le donne gli cavano le penne e, postele con cura in guaine di paglia intrecciata, queste vengono spedite alla più vicina città, e servono per scrivere, disegnare, abbellire cappelli o per fare dei ventagli, o anche solo per arredare, o per mettersele come un serpente attorno al collo, così che le femmine paiono più attraenti e sensuali, e anche in Vaticano vengono usate per gli ornamenti che il Papa porta in Processione, come ci disse con orgoglio l'Esposti, che una partita l'avevano inviata a Montevideo, comprata da emissari pontifici. Della carne dello struzzo si fa la macelleria, che puoi insaccarla e preparare salami, oppure la mangi subito, che è un poco dolciastra, come l'oca, o anche la metti sotto sale. Quelli furono giorni belli anche per Jolanda. Entrata nelle grazie di Donna Saveria, la moglie del padrone, e nelle simpatie dei di lei figli, che trattavano la mia creola come fosse una zia, Jolanda ricambiava tale affetto in maniera che, quando venne il momento di andarcene, pianse un'intera giornata, e non riusciva a staccarsi dai bambini più piccoli, perché era lei a metterli a letto la sera e a raccontargli le storie durante il pomeriggio, mentre alla mattina venivano istruiti da Donna Saveria, che aveva cultura, allevata in un collegio di suore in quel di Minas, dove, a una festa, aveva conosciuto Don Nicolò, già facoltoso possidente, e se l'era sposato quasi subito con la benedizione dei suoi genitori. Donna Saveria era molto fine, teneva i lunghi capelli scuri con una treccia, messa poi a concio. Aveva quattro anni in meno dell'Esposti, ma non dimostrava la sua età, nonostante la vita di frontiera, che, anche se sei proprietario, invecchi più in fretta. Vestiva con sobrietà un poco ricercata. Nessun velo di trucco guastava il suo viso, tenuto il più possibile candido, perché mai si esponeva ai raggi del sole durante le ore più calde, anche in quello mostrando le differenze di ceto. Spesso c'invitava nelle cucine dove ci offriva ciambelle e marmellate all'inglese, le più di arancia o al ribes, che i nostri palati non avevano mai assaggiate. Solo noi chiamava, e qualche volta gli otto uomini addetti alla protezione della fazenda; mentre i gauchos, gli indios e i neri non potevano entrare, per non dar confidenza. Noi si era italiani come il marito, e questo ci dava vantaggio. Voleva che le raccontassimo dell'Italia, delle città e dei monumenti, che il Ronchi s'incaricava con vero piacere di farlo, mentre noi ci rimpinzavamo di quelle leccornie. Io, dopo cena, allorquando si era tutti alla fattoria, incontravo Jolanda al fienile e assieme facevamo l'amore, mentre gli amici montavan di guardia. E dall'apertura sul tetto di quella rimessa passavamo ore a guardare le stelle, che di tutte le costellazioni porto memoria, perché in questa parte del mondo non sono le stesse che vediamo in Italia. E anche da ciò comprendevo che la terra era tonda, e attorno sta il cielo, anch'esso rotondo, e chissà che cosa oltre il cielo, che io penso cielo e cielo ancora, all'infinito, che in quel cielo si trova la sola libertà. Una libertà che s'incunea nel nulla del vivere. Una libertà naturale, che dalla natura è regolata in bene ed in male, perché penso non ci sia ordine giusto neppure nel cosmo, anche se gli astri ci appaiono fissi, perché noi uomini siamo così disordinati da rispecchiare ciò che avviene nell'universo. Ma sta a noi, per libertà e per coscienza, trovare i nostri equilibri e forse un giorno, tentare di dare equilibrio anche all'universo. Giuseppe Ronchi diceva che quando il temperamento originario prevale sulla cultura si è rozzi, quando la cultura sovrasta sul temperamento d'origine si diviene pedanti, quando il sapere e il temperamento si equilibrano allora si è persone nobili. In questo bisogna sempre progredire. E c'insegnava anche che l'uomo elevato considera la giustizia al primo posto, e che l'uomo elevato dotato di coraggio e intraprendenza, ma non di giudizio, è solo un turbolento privo di progetto; e, infine, che l'uomo dappoco dotato di coraggio, ma non di giudizio, si trasforma in un bandito. E ciò noi lo dovevamo evitare.

«Quando a Treinta ci veniva assegnata una giornata di riposo spesso presi i cavalli andavamo a una quindicina di chilometri dalla fattoria, dove sorgeva, nel centro di una piana, una costruzione molto antica, come ci raccontò Don Esposti, di cui nessuno sapeva. Si mostrava come un alto obelisco, e nel transito per Roma ne avevo visto uno simile, ma più piccolo. Non presentava alcuna entrata, che il blocco era unico e liscio, e neppure il muschio era riuscito ad attaccarsi negli anni. Diveniva anche impossibile dire per quanto si sprofondasse nel suolo; ma per molti metri di certo, visto che non dava alcun segno di cedimento e non pendeva. E la pietra grigio scura con venature più chiare non proveniva dalle colline circostanti, ma brillava al sole come il quarzo, sul nerastro. Mostrava tacche incise di fino ad altezze diverse, sballate fra loro, che non poteva trattarsi dei modi con cui si decide lo spazio, né metri, né braccia, né iarde. Pareva quasi un idrometro per misurare i livelli dell'acqua, come ce ne sono da noi in Romagna, per controllare anno dopo anno le piene dei fiumi. Da noi, frate, le inondazioni sono ricorrenti, soprattutto nel basso, dove i torrenti non imbrigliati dagli argini formano paludi e valli alluvionali, che da Lugo di Romagna vanno fino a Venezia, passando per Comacchio, per cui i braccianti si prodigano da secoli nell'alzar terrapieni per rubare ettari coltivabili ai pantani; ma il corso d'acqua più vicino all'obelisco correva a venti chilometri, e senza un grande flusso, che, anche se in piena, svagliava non più di un chilometro dal suo primo letto. Jolanda un giorno buttò che forse era una maniera per adorare qualche dio e il Ronchi affermò che forse con quella pietra comunicavano col cielo. Io, per non esser da meno, gettai che si trattava di un enorme membro genitale, e il Cornacchia mi diede subito ragione: messo in quel punto per fecondare dall'alto verso il basso la terra, che gli altri due risero e ci diedero degli invasati, perché avevamo sempre pensieri carnali. A volte ci sedevamo sotto l'obelisco a mangiare carne di maiale cotta nell'argilla, patate dolci con la salamoia al sapore di peperone e albicocche candite, che Jolanda era brava in cucina, mentre la brezza ci baciava la fronte, che l'aria in quel posto era mite. Anche se non distinguevo i colori, che i miei amici narravano come stupendi, mi sentivo uguale a tutti gli altri, perché nessuna diversità in quella valle era possibile e l'istinto vitale era placato, e la libertà era in pace, senza rumori di guerra e di sangue. Forse era questa la vera magia della pietra di sentinella a che tutto, almeno nella radura, non si trasformasse in nulla, amalgamandosi armonico, perché forse il paradiso non è altrove, o dopo la morte; ma di piccoli angoli di paradiso, non visti, la terra e la vita va piena, purché tu sia rispettoso, disposto ancora a stupirti, umile ad ammirare, dominasse pure la peste.

«Anche se quelli furono giorni pieni e felici, che dopo tante peripezie di certo ne avevamo bisogno, il dovere di combattenti ci chiamava, perché sentivamo di essere nati per lottare e portare avanti un ideale. Nell'aprile del 1840, con l'inverno alle porte, comunicammo a Don Esposti il desiderio di tornare in Brasile, per poi riprender la strada verso l'Italia. Il padrone tentò di dissuaderci; ma non potevamo sottrarci al nostro destino. Don Nicolò, con a fianco Donna Saveria, mentre Jolanda piangeva come una fontana, che dovette correr fuori nel cortile, ci disse: "Ogni individuo ha una strada, la sua. Ho capito di voi che siete diversi. Gente vissuta, con alle spalle molte storie di vita e fors'anche di malavita, gente corsara, ribelle, che già in Brasile, se non anche in Italia, avete avuto a che fare con la giustizia; ma avete agito sempre – a quanto ho visto e ne so – per dare dignità a voi stessi, e a chi della dignità viene privato. Con me e la mia famiglia vi siete comportati più che bene e con onore, mantenendo i patti, e l'idea che avevo dei sovversivi, che forse lo siete stati o lo siete, l'ho in parte modificata, e di ciò vi ringrazio. Grazie anche perché non avete esternato i vostri ideali con i gauchos e gl'indios, limitandovi a vivere da uomini pacifici assieme ad altri uomini pacifici. Sono inoltre contento che siate degli italiani".

«Il Ronchi, portavoce di tutti, rispose: "Il primo merito è il vostro, che avete avuto per noi rispetto ed affetto. Se qualora, comunque, voi foste stato da combattere, noi vi avremmo combattuto, perché questo sia chiaro: per noi l'idea di un mondo migliore viene prima di tutto, e per tale idea non guardiamo in faccia a nessuno. Se siamo stati più di un anno con voi, è perché vi stimiamo signore di animo e di ragione, e il discorso che avete fatto poc'anzi lo prova. Anche se, perdonate l'appunto, non sarebbe male che iniziaste ad aprire la casa non solo ai bianchi. Con ciò anche noi ringraziamo, confermando che siamo rivoluzionari ricercati in Brasile e in Italia, e questo è l'unico vanto per noi da sfoggiare".

«Sia Don Nicolò che la moglie ci strinsero la mano, anche se il congedo del Ronchi non era forse stato il migliore. Ma poi che cosa importava? C'eravamo sempre chiamati per quello che siamo, Repubblicani ribelli per un ideale. Di certo. Forse, scavando un poco più a fondo, avventurieri e ribelli nel cuore.

«Jolanda prese i bambini e se li abbracciò uno per uno, e a tutti mormorò qualcosa all'orecchio, aggiustando il colletto a questo o tirando la piega della sottanina a quella. Poiché l'addio stava diventando patetico, presi la creola per un braccio e me la portai via.

«Jolanda piangeva e piangeva, e non sembrava più la donna che aveva sparato e ammazzato, che il Cornacchia mi gridò di passarle la borraccia dell'acquavite, perché si era stancato di quella lagna. Il Ronchi lo riprese: "Perché si è ucciso, non dovremmo forse avere un cuore? Anzi, più si ammazza per un ideale, e più il cuore pompa sangue, che se non fosse così saremmo solo dei sudici e freddi assassini da strada".

«Io invece pensavo che l'immobilità affiacca e rende molli, ti avvicina alla comoda vita e a quegli agi che poi poco a poco ti annullano lo spirito guerriero, allontanandoti dai tuoi propositi. Ma di questo tacqui, e reputai che dopo un mese di Serra tutti noi avremmo ripreso la grinta. Perciò spronai il cavallo, e così fecero gli altri, e ventre a terra puntammo verso l'Oceano.»

XVII

Il Compagnoni sentiva con grande intensità il culto per i suoi defunti, gli amici, i compagni e anche quella era una tattica contro l'incognito che la morte racchiude. Facevano parte ancora attiva del suo essere ed erano un tutto che vive, contro la morte che annulla.

Riposandosi il Compagnoni dopo quella galoppata di parole, mentre l'oppio stava facendo effetto e anche la tosse si era calmata, fra Martin si alzò dal tavolinetto di lavoro e bevve un piccolo sorso, per non sciupare quel poco restante di acqua. In lontananza una campana suonava, ma la udiva appena. Per il tempo, a Rio, ormai non esistevano più scansioni sonore; per la peste, invece, i rintocchi a morto non si risparmiavano.

"Ma dov'è il principio etico dell'esistere, per un uomo ateo e privo dei Divini Precetti e delle Divine Regolamentazioni, ai quali chi crede si attiene così da dare una direzione alla vita? L'italiano si affida a ciò che scaturisce dalla sua sola coscienza. Questo è per me il mistero; come l'individuo possa essere inizio e fine di sé. E come si possa vivere votati alla perenne battaglia, per trovare gli altri nello scontro e, con gli altri, anche se stesso. Dal racconto ho inteso che pure i suoi compagni la pensavano in e-gual modo. Forse la loro risposta risiede nella coerenza della propria idea, e nella sfida che tale idea sempre richiede. Ma che vita può essere senza che esista un punto fermo, una certezza, un assoluto oltre l'uomo, oltre se stessi? Con quale entità superiore confrontarsi ogni qual volta si perde il sentiero e ci si sente smarriti? Si può forse dare risposta alla solitudine con il fare e il fare e il fare all'infinito? O il tutto rimane sterile, così che il nulla, come dice l'italiano, è sempre costante e in agguato? Che patimento, che sforzo immane vivere senza Dio, e solo con l'uomo, con il proprio cuore e cervello quali riferimenti supremi. A Compagnoni e a quelli come lui, chi può apparire per dare rinnovata speranza, allorquando ogni cosa sembra perduta? Chi gli viene in soccorso quando superano il confine e nell'abisso sprofondano? Chi tende loro la mano perché dal nulla e dall'oscuro riaffiorino? L'italiano dice: l'uomo; e dice: l'altro, il tuo compagno in questa avventura che è la vita, l'altro che pure comprende dalla malattia di vita quale terribile destino domini l'umanità. E che 'fede' dimostra quando afferma che sempre un altro è pronto a tenderti la mano, perché sebbene nelle prove ultime si sia soli, nel credere all'uomo come unica risposta non lo si è più, che altri 'guerrieri', come l'italiano li chiama, son pronti alla lotta? Che, in verità, mi trovi davanti ad un giusto?"

Il frate andò di nuovo al davanzale per respirare, e Felícita volteggiava irresponsabilmente felice.

Fu allora che Luigi riprese a parlare.

«I morti, per me, non sono mai stati cose, neppure i cadaveri nemici, che sempre hanno avuto una sacralità, e sapevo di stare colpendo degli uomini. Ma è da vicino, che ti rendi completamente conto che stai togliendo una vita. Dal come l'avversario grida, gira gli occhi, invoca qualcuno, la madre, Dio... Per me i morti sono sempre stati sacri. Bartolomeo diceva che una volta che hai ammazzato, puoi tranquillamente rifarlo, perché non hai più la remora di spezzare un'altra esistenza, e può diventare anche un piacere. Per me non è mai stato così.

«E ogni volta che ho ucciso, in battaglia, avrei voluto prendere il posto di colui che cadeva, quasi a ridargli la vita; divenirne l'essenza vitale, riprendere le abitudini a lui care, che il colpo era andato a segno, io ero ancora vivo e quello invece era morto. Brutalmente c'era un vincitore ed un vinto. Se anche io dentro me gli gridavo di rimettersi in piedi, quello giaceva, che io avrei fatto di tutto, fino a volergli soffiar nei polmoni rinata energia per ridestarlo, perché il mio scopo era stato raggiunto, aveva dominato la mia idea, aveva vinto la forza della mia vita. Ora lui si sarebbe destato. E invece no, era finito, carne morta, materia da decomposizione. E quindi questa memoria non testimoni solo di me e di chi mi è stato vicino, ma anche di tutti coloro che, per causa della nostra lotta, siamo andati a privar della luce.»

Fra Martin si avvicinò al Compagnoni e gli posò una mano sulla fronte. L'infermo la tenne premuta con la sua.

«Non vi angustiate» disse il religioso «non vi date ulteriore tormento. Del sangue che viene sparso abbiamo tutti sporche le mani. Non esistono solo colpevoli o solo innocenti. Ecco perché ognuno di noi si sente in debito con la natura e con Dio, se pure un fucile non l'ha mai imbracciato. Se un uomo uccide un altro uomo, è come se l'umanità intera avesse premuto il grilletto, ed è l'umanità che crolla al suolo ammazzata.»

«Ora siediti, monaco» disse «che le tue parole sono state comprese. E torna a vergare. Da Treinta, passato il confine, scendemmo verso l'Oceano e fummo a Santa Vitória do Palmar, cittadina di pescatori e di malviventi, da cui risalimmo la costa fino a Rio Grande, che è zona di lagune e acquitrini. Poi fummo a Bojuru, sulla Lagoa dos Patos, che mancavano ancora 200 miglia a Porto Alegre. A Bojuru mi volli fermare anche se il Cornacchia ed il Ronchi non eran d'accordo; ma poi capirono tutti e furono in pieno coinvolti e a me grati. In quel tratto di mare, a poche centinaia di metri dalla riva, vengono a nuotare le balene che durante l'inverno australe si allontanano dal Polo Sud, per cercare climi più temperati e cibo per nutrirsi. E proprio davanti a Bojuru c'è il passo di migrazione (un pescatore me lo aveva detto a Santa Vitória), e quegli esseri enormi fanno una curva dal largo, fino a sfiorare la Lagoa Mirim, dove emergono e sbruffano acqua, e con le grandi code la battono, per immergersi ancora e fare dei giganteschi salti, quasi una danza. Sono capodogli e megattere – mi disse – e fra loro si sfregano, si accarezzano, fanno all'amore, e durante la notte senti richiami, che paiono lunghi muggiti, o il suono di corni, oppure alle volte lo stridio di un gesso su di una lavagna, o il grido di un pappagallo. Quella è la voce dell'Oceano, che da terra rispondono le foche, perché in quel posto ne dimora una colonia. Sono foche piccole, dal muso umano, e quando ti avvicini si fanno grattare il capo, con i loro cuccioli. Jolanda ne prese uno in braccio, e la mamma sembrava fosse impazzita, e si avventava addosso alla mia creola, e noi a tenerla indietro con un bastone, che alla fine le ridemmo il piccolo, con cui si tuffò in acqua. Durò venti giorni il passo dei cetacei, e noi ce lo vedemmo tutto seduti sulla battigia. Un tizio di Bojuru, per denaro, ci voleva portare dappresso con la sua barca; ma noi decidemmo di non andare, perché un poco paura in verità ci facevano. Meglio guardarle da riva, disse il Ronchi, e berci sopra dell'aguardente. Tutto d'un tratto, come i capodogli erano apparsi, sparirono, e noi decidemmo di riprendere il viaggio, mentre il vento freddo stava arrivando dal Sud, e nuvole cariche di pioggia dominavano sempre più l'orizzonte. Rimontati a cavallo, in dieci giornate fummo a Porto Alegre, viaggiando lungo la costa, e venimmo a sapere che la rivolta dei Farrapos era stata domata; che, nel poligono di Cebiro, gl'imperiali ogni giorno fucilavano dei prigionieri, ma che ormai il più del lavoro era già stato fatto. E il giovane Pedro e i suoi ministri potevano dormire sonni tranquilli, che l'intera Regione del Rio Grande risultava bonificata dagl'insorti. A Porto Alegre, ci stabilimmo in una vecchia casa del quartiere spagnolo, e avviammo un commercio con Pelotas. Le monete del Cornacchia rimaste e le sterline dell'Esposti ci tornarono utili, come utile l'aver lavorato onestamente. Jolanda rimase incinta, ma, a causa della vita turbolenta che aveva fatto, andò ad abortire. Da allora riprovammo in altre occasioni, ma non fummo allietati dalla venuta di una creatura. Jolanda comprese, anche dietro consulto di un medico, che non era più atta a procreare, e ciò si aggiunse al nostro destino.»

XVIII

Attanagliato dal ricordo di Jolanda, il malato continuò la storia. «In quel tempo trasportavamo da Porto Alegre, di nuovo verso sud, sacchi di caffè caricati su asini. Tutto era nell'apparente legalità. Avevamo corrotto, dietro lauto compenso, un ufficiale delle Finanze Imperiali, che ci aveva procurato documenti identitari e licenza lavorativa, da esibirsi a ogni posto di blocco che incontravamo. Andammo avanti un altro anno, poi comprendemmo che di battaglie non potevamo farne a meno, nel cuore sempre malinconici e quasi precocemente invecchiati, che già avevamo iniziato a bere smodatamente, e a litigare fra noi. E fu proprio Jolanda, una sera, attorno alla tavola, che suggerì di cedere l'attività e la licenza, lasciare Porto Alegre ancora sotto legge marziale, e tornare verso il Nord del paese, che un qualcosa di buono, per noi e per gli altri, avremmo certo trovato. Convinti, partimmo nell'autunno del 1841, che tempestava e cadeva grandine a secchiate; eravamo quattro cittadini del mondo nell'ossessionante ricerca di un motivo per tornare a combattere. Ci portammo ancora verso l'entroterra e, dopo alcuni mesi, procedendo per la Strada dell'Oro, giungemmo al fiume Paraná, che vicino al confine argentino si allarga e forma un lago, che poi mi dissero alcuni chiamarsi Foz do Iguaçu, altri Guaíra. Imbarcaticisi con gli animali su di una chiatta, fummo trasbordati sulle rive opposte, nella Provincia del Mato Grosso do Sul, e c'istradammo verso la cittadina di Campo Grande. Esisteva un unico sentiero, divorato dalla foresta vergine, che con i machete dovevamo aprirci il varco a ogni passo, e in altri punti la carretera la trovavamo sommersa dal tracimare dell'acqua, che sempre più sembravamo tornati in Romagna, dove il Po di Primaro investe le Valli del Mezzano, e ne fa terra di paludi, boschi, pialasse e isole che affiorano dalle melme stagnanti, a seconda delle piogge cadute e della voglia dei fiumi di invadere pascoli e campi coltivati. Poi c'erano le nostre vecchie amiche zanzare, grosse come l'unghia di un pollice, e portavano la malaria. Il Cornacchia, già debilitato dal mal di Francia, si prese anche quella, e passò due giorni a tremare come una foglia, e sempre Jolanda dovette provvedere. Con l'erba citronella, pestata e resa una poltiglia, ci cospargevamo il corpo, profumando come signorine, perché quel rimedio tiene lontani gli insetti. Infine il sentiero sparì completamente in una baia d'acque di svaso. Il fiume in quel punto, un affluente del Paraná, si era alzato di più di due metri e noi si era bloccati, la foresta stava a destra e a sinistra, e non si poteva tornare, perché il Paraná spargeva fango a sua volta, che veniva a creare pericolose terre mobili. Io e il Ronchi cercammo a vuoto un guado o un passaggio. Finché decidemmo, sfiniti, di accamparci alla ventura, in attesa che le acque defluissero, e con loro le sanguisughe. Al quarto giorno di bivacco, che mangiavamo maiale selvatico e carne legnosa di scimmia, coi fumi dell'alba apparvero alcuni indios selvatici. Pur avendo noi l'abitudine di montare turni di guardia, quella mattina non vegliava nessuno. Ci svegliammo allo scricchiolio di un ramo calpestato, circondati e sotto il tiro degli archi, che le frecce degli indios erano molto lunghe, e gli archi più alti di loro due spanne, che all'occorrenza li tendono anche coi piedi. E restavano a guardarci in silenzio, dipinti e tatuati sul corpo, che solo uno aveva il copricapo di piume, mentre gli altri delle fettucce di pelle legate attorno alla testa, attorno alle braccia e alle gambe. Il sesso era scoperto, e anche quello dipinto di fino e tatuato. Alla cinta tenevano le faretre, alcuni un pugnale con lama di metallo, come le punte dei dardi. Ben certo che il Ronchi, con la sua dialettica, non avrebbe combinato granché, mostrai a colui che portava le penne i palmi delle mani, e invitai i compagni a fare altrettanto. È simbolo di pace, mi aveva detto un Farrapo a Santa Maria, che lui aveva vissuto con gl'indios per qualche anno. E sperai che mi avesse insegnato nel giusto. Allora anche il piumato mostrò i palmi, che il contatto era instaurato e i suoi soci abbassarono gli archi e si accosciarono. Gli indios parlavano solo il loro dialetto, però una qualche parola in portoghese il capo riusciva a capirla, e come prima cosa disse: "Vinho branco". Così il Cornacchia passò l'aguardente, e loro bevvero a turno, che prima di farlo si portavano la fiasca alla fronte, dicendo: "Nemì case", che, venimmo a sapere più tardi, sta come: "Alla buona sorte, alla salute".

«Scambiarono la gentilezza offrendoci un pugno di legnetti scuri come radici e facendoci intendere che andavano messi fra i denti; tranne Jolanda, a cui fu proibito in quanto femmina, per i loro costumi. I legnetti avevano un sapore aspro di prugne acerbe, che poi sapemmo essere in effetti radici spezzettate della pianta di xaco, dal potere stimolante, e in breve non sentimmo più la bocca, ma in compenso ci prese una vitalità particolare. È un grande onore che gl'indios te l'offrano, perché lo xaco è arbusto alquanto raro. Sempre a gesti e a mezze frasi tentai di spiegare che eravamo diretti verso Campo Grande, quello capì, e disse che distava da lì venti soli, e che fino là non avremmo trovato altri bianchi, e che quelle eran le Terre dei Bavarexo o Barexo. Quindi si alzarono e il capo, presomi il polso, mi fece intendere di seguirlo. Erano bassi i Bavarexo, che ci arrivavano al petto, e ciò li metteva un poco in soggezione, che alcuni cominciarono a toccarci facendo faccia di meraviglia e a parlare fra di loro, dicendo: "Nichìcio, nichìcio"; che sta per gigante, uomo alto, forte. Raccolte le nostre cose, sellati i cavalli, li seguimmo a piedi verso est, cioè sui nostri passi. Dopo mezz'oretta di cammino, il capo ci fece capire che dovevamo entrare nella boscaglia, a sinistra del senso di marcia, ma noi non vedevamo spiraglio, perché la vegetazione sembrava impenetrabile. Allora, scostate alcune felci ed arbusti, gli indios come per magia aprirono un varco su un camminamento laterale, che anche i cavalli potevano passare. Appena che fummo passati la foresta dietro di noi si rinchiuse, che il sentiero tracciato dai coloni e dai cercatori d'oro per incanto sparì alle nostre spalle. Dopo alcuni chilometri, sbucammo in una radura che confinava con un largo specchio d'acqua pulita e punteggiata da ninfee. Era un lago fra due collinette, che prendeva alimento da un altro affluente del Paraná, e con le piroghe gl'indigeni potevano spostarsi per miglia e miglia, sfruttando il dedalo di fiumi, canali, lagune, paludi. Solo nel Pantanal do Rio Negro vedemmo altrettanto. I Bavarexo non avevano avuto molti contatti coi bianchi perché venimmo a sapere in seguito che avevano fama di mangiatori di carne umana: dicerie che a loro tornavano utili, per restarsene in pace. Nella radura sorgevano delle capanne strette e lunghe che superavano venti metri per quattro d'altezza, sollevate dal suolo, così che gl'insetti e i serpenti strisciavano sotto senza infastidire. All'interno erano appese amache intrecciate con giunchi e liane, e ogni nucleo famigliare si trovava diviso dagli altri da stuoie. Quali ornamenti, gli uomini si mettevano un dischetto di legno incastrato nel labbro inferiore, così da allargarlo, e in alcuni vecchi il disco misurava anche dieci centimetri e, oltre ai tatuaggi, s'infilavano ossicini acuminati dovunque e anellini di osso nel naso, nelle sopracciglia, nell'ombelico e financo nella pelle che tiene i testicoli. Le donne si incastravano invece dischi più piccoli entro i lobi delle orecchie, e ossa più lunghe e levigate che fuoriuscivano dalle guance e sotto il labbro inferiore. Nella piccolezza erano ben fatti, e anche gli anziani, cioè quelli d'oltre trent'anni, mantenevano le membra levigate e dipinte mentre le donne con troppe gravidanze avevano mammelle cascanti come bucce di banane senza più frutto, le adolescenti mostravano piccoli seni appuntiti e sederi ben fatti: tutte portavano il sesso glabro e scoperto senza alcuna vergogna, che spesso fra loro se lo aprivano e guardavano, per tenerlo pulito. Nessuno, oltre ai capelli, aveva peli sul corpo, così che gli uomini non avevano la noiosa incombenza del radersi. I bambini, curiosissimi e vispi, correvano da tutte le parti e, una volta nati, erano della tribù, che se anche i genitori morivano subito altri si prendevano cura di loro. I Bavarexo vivevano di caccia e di pesca, e un poco di mais selvatico veniva coltivato dalle donne, assieme alle patate dolci, che nell'insieme ci parvero sereni e gioiosi, perché differenze fra loro non esistevano, se non tra i vecchi saggi e i più giovani. E anche per le femmine c'era libertà di sceglziersi il maschio senza nessuna pressione del clan, e la seduzione risultava poetica e naturale, che infine si dichiaravano sposati davanti alla tribù. Divenivano duri quando uno rubava la donna dell'altro, arrivando fino a dare la morte, non alla femmina traditrice, ma al maschio che l'aveva circuita; oppure la nuova coppia veniva allontanata con spregio dal villaggio, a dover vivere isolata, e facile preda dei nemici. Gli avversari dei Bavarexo erano i Texeco, indios bellicosi che abitavano alcune valli più a nord. E dei Bavarexo non esisteva quell'unico villaggio, ma altri cinque; sette ne contavano i Texeco. Essendo dello stesso ceppo fra loro, si distinguevano solo per le pitture usate, le decorazioni e i tatuaggi, di colore blu per i Bavarexo e rosso per i Texeco, che io feci sempre gran confusione, vedendo grigia ogni cosa. Gl'indigeni costruirono in poche ore una capanna per noi, ai bordi dell'accampamento e decidemmo di rimanere fino a quando il sentiero per Campo Grande non fosse divenuto nuovamente praticabile. Venimmo accettati, e scambiai con il capo il mio pugnale contro la sua mazza di legno intagliata con maestria. Fra loro non bisognava essere mai in debito con alcuno, di modo che, davanti al giudizio su un qualche atto malvagio, si fosse liberi da qualsiasi vincolo. C'insegnarono a riconoscere il legno di tintura, tanto ricercato dai mercanti portoghesi, tramite il quale puoi colorare di un rosso ruggine stoffe o anche mobili, perché la linfa resinosa, una volta data, è per sempre. Conoscevano anche la lavorazione della ceramica, che ne facevano di molto belle, anche se primitive per decorazioni e forme, e per cuocerle accendevano un grande fuoco in una buca e attorno mettevano pietre per assorbire il calore, quindi mettevano i vasi o dell'altro, e ancora un cerchio di pietre, poi coprivano i cocci con lastre sottili di ardesia, e per un'intera notte e per il giorno seguente alimentavano le fiamme. Circa ogni sei ore scoprivano il forno e giravano i cocci, che si cuocessero bene da tutte le parti, poi di nuovo chiudevano, che il calore doveva restare costante. Il tirarle fuori dalla fossa, il giorno successivo era motivo di festa per l'intero villaggio. Jolanda con le donne del villaggio accudiva i bambini e fece anche delle stravaganti ceramiche, molto ammirate; noi uomini imparammo a cacciare con le cerbottane, per risparmiare polvere da sparo e munizioni, e non fare rumore in quel tanto silenzio, per prudenza e rispetto. Le freccette erano imbevute di un veleno che blocca la respirazione, usato anche per beneficio negli attacchi di malaria, o quando senti dolore, che devi prenderne una goccia sotto la lingua. E così, in varie occasioni, fece il Cornacchia. Ma se iniettato quel veleno, il curaro, è micidiale, perché blocca tutti i muscoli del petto e il cuore alla fine cessa di battere. Puoi mangiare l'animale ucciso, ma non le interiora. E gl'indigeni con le cerbottane lunghe due metri tiravano giù dagli alberi le scimmie, i pappagalli, i tucani, o cacciavano i tapiri, che sembravano dei cinghialetti con la proboscide, i cervi, le cicogne, che la selvaggina non mancava mai, ma i Bavarexo cacciavano solo quella che loro serviva. Andavamo anche a pescare con l'arco e le fiocine. Nel lago c'erano pesci che Jolanda ci disse chiamarsi "doradi", che un uomo faceva fatica a issarli sulla piroga. Le tartarughe che prendevano si facevano bollite, e il brodo era squisito, ma la carne un poco flaccida; mentre i gamberi, che sembravano aragoste, celati nelle acque basse e limpide tra le alghe dalle foglie lunghissime, che gli indigeni chiamano le fluenti chiome del fiume, li mangi anche crudi, che hanno sapore di gallina. Sulle rive dimoravano aironi, spatole, ibis, eleganti mestoloni, poi dei maestosi tuiuiú, o uccelli jaburu, che in posizione eretta raggiungono l'altezza di un uomo, e anche oche di tante misure, che mi dispiace non poter tornare in Romagna, per raccontarlo agli amici. Poi ho visto gruppi di lontre, che hanno un odore pungente che lo senti lontano, grandi più di un metro e mezzo e giocano fra loro come ragazzi, e quando ti avvicini non hanno paura, e ti guardano con quei loro occhietti pungenti. Altri pesci dal muso di gatto, che hanno dei baffi lunghi e sottili, e pungiglioni sulla schiena e sui fianchi, e vanno lenti; ma una volta presi all'amo, combattono gagliardamente, che raggiungono anche i dieci chili. Vidi anche il lamantino, la foca d'acqua dolce che gl'indios venerano, convinti che prima di diventare animale fosse stato un uomo. Quando mangia l'erba delle rive fa il rumore di una vacca che rumina ed ama stare in prossimità delle foci dei fiumi. I Bavarexo ci parlarono inoltre dei delfini rosa, che dimorano nelle correnti dei larghi fiumi che attraversano la foresta; ma che da molti anni non si vedevano più, forse per l'avanzata degli uomini bianchi, dannosi come la cattiveria di Gosé, il dio maligno che brucia le selve e fa abortire le donne. E si stupivano come noi ci si comportava da buoni. Il solito Ronchi tentò a gesti e mozziconi di frasi disegnate nell'aria di spiegargli quali fossero le nostre idee e il pensiero di Mazzini votato al verbo della libertà e del rispetto reciproco, per uomini e popoli, piccoli o grandi che fossero. A tal punto non intesero più, e cominciarono a parlare di ciò in cui loro credevano: cioè al bosco, agli animali, allo spirito dei morti, che due andarono a prendere delle lunghe trombe scavate nel legno, legate a tre o a quattro e in quelle iniziarono a soffiare, di modo che richiamarono gli altri e avviarono una danza, e anche delle maschere comparvero, che raffiguravano l'onça-pintada, cioè il giaguaro, e il masoto, il caimano. Si unirono anche le donne, con in petto i neonati, perché agli indios ogni pretesto è buono per invocare il divino e per festeggiare. Ne uscì uno dalla capanna più grande, tutto ricoperto di fango chiaro seccato, e faceva una certa impressione, che tutti gli altri mimarono una fuga, perché impersonificava Càgio, il fratello di Gosé, ma di Gosé ancora più malvagio, e bianco. Forse da quando gl'indigeni avevano incontrato gli europei. Intanto una polvere spessa e rossa, me la descrisse Jolanda, si era alzata nella radura, e tutti si buttarono a bere del latte fermentato, ricavato da un albero che getta dei frutti come zucchine, e fumavano anche delle erbe anch'esse tabù per le donne, che pure noi tirammo nelle pipe e, in breve, ci ritrovammo sdraiati, e tutto girava, girava... che ebbi strane visioni di animali e di cose, e i soldati di Pedro, e gli sgherri del Papa, e Rieti, e Bahia, una nave presa nel gorgo, vorticava ogni cosa. Poi tamburi di alberi secchi e scavati, risate e trombe e trombette, che mi penetravano il cervello e sembrava di stare in battaglia. Mio padre, mia madre, i miei fratelli e sorelle. Il carceriere che portava la sbobba a Civita Castellana, ribattezzato Landrone, che da noi in Romagna significa uno disordinato e un po' lercio. Il fumo faceva il suo effetto. Mi pareva d'essere piccolo poi grande grande, che il pensiero si dilatava col corpo. Poi mi apparve una donna bellissima, avvolta di luce... finché svenni del tutto. Il giorno dopo camminavo allegro e leggero per il villaggio, e tutti gl'indigeni mi sorridevano. I miei amici mi dissero che la sera prima avevano avuto esperienze simili alla mia, non appena fra di noi ne parlammo, provocate dalla pianta della magia, la venaxinja, come i Bavarexo la chiamavano...»

Il Compagnoni a quel punto chiese di avere bagnate le labbra, e poi rimase in silenzio.

Il frate carezzò la fronte dell'italiano, poi riprese a pregare per l'anima del morituro e la sua.

XIX

Passarono alcune ore durante le quali ogni tanto Luigi, dal fianco su cui giaceva, sorrideva al monaco, e questi con piacere pensò che il malato stesse in sé meditando. Felícita, intanto, si puliva le ali e il petto sull'armadio. In rua do Samitra, il silenzio. In cielo il silenzio. Sul mare il silenzio. L'Imperatore Pedro II, detto il Liberale, assieme alla corte e agli alti prelati aveva preparato i bagagli alla volta di Petrópolis, dove sorgeva la reggia estiva, abbandonando la Capitale al suo destino. E, per non perdere l'abitudine, aveva anche fatto sparare sulla piccola folla che stava dinnanzi al suo palazzo di Rio. Invero, le implorazioni e l'accalcarsi attorno alle carrozze lo rendevano nervoso, perché i popolani subivano il morbo più dei signori, come gli aveva detto il suo medico, e bisognava quindi, in epidemia, tenerli il più possibile lontani.

«Vieni allo scrittoio, frate, che mi sento di aver pensato abbastanza e, se perduro, finisco per convertirmi.»

«Non è più così importante, Luigi. La stessa cosa potrei dirvela io, perché sto imparando a condividere parte della vostra fede, senza bisogno di rinnegare la mia. Ma ora dettate, che nulla interessa di più della storia di un uomo.»

«In quell'angolo disperso del mondo, nel Mato Grosso, le distanze paiono incolmabili» e l'ammalato fece un ampio gesto con il braccio «la natura ti stordisce e ti eccita, in particolare quando scoppiano i temporali, che il vento piega le vette degli alberi, i fulmini cadono con fragore di cannonate, spaccando in due tronchi larghi dieci braccia... e allora mi prendeva un'improvvisa euforia, che montavo a cavallo e sfidavo anche quella paura, al galoppo come un forsennato incontro agli elementi, sotto il battere violento della pioggia, e il fulminare dei lampi. Respiravo e urlavo a squarciagola il mio nome, e avanti fin dentro al vortice più profondo della tempesta, dove tutto l'universo scaricava la sua energia. Così che mi ubriacava questo andare verso la totalità, come un'antica madre, e sarei stato disposto a morire, come in una battaglia, non in un letto, inchiodato dalla malattia o dalla vecchiaia.»

Il Compagnoni si fermò dal narrare, in preda a un tremito di e- saltazione che gli provocò un accesso di tosse.

Placatosi, proseguì.

«Nella foresta albergano dei pipistrelli mostruosi, che di notte, se non sei ben coperto, volano attratti dall'odore umano, per suc- chiarti il sangue. Fra le dita dei piedi o le orecchie, nel sonno, e neppure li senti. Ragni pelosissimi, più grandi e neri delle taranto- le, che di schifosi così neppure in galera ne ho mai schiacciato; cavallette lunghe anche quindici centimetri, che in un pomeriggio soltanto divorano il fogliame di un albero. E piccolissimi uccelli, come quello di un bimbo neonato, dal nome come un ronzio, co- librì, che bevono con il beccuccio rugiada e nettare dai fiori come le farfalle. Ed è una poesia. I Bavarexo mi consideravano un indi- viduo speciale per la stella di lentiggini che porto in fronte. In un primo tempo credettero che me la fossi tatuata. Quando compre- sero che era naturale, ciò mi conferì davanti a loro una certa im- portanza, che dovetti fare al meglio ogni cosa, per non deluderli. E anche il Cornacchia piaceva agl'indios, più del Ronchi, così trop- po fine per loro. Ma Bartolomeo gli piaceva nel vero, perché si era fatto crescere lunga la barba, e loro gliela toccavano e gliela in- trecciavano, e in specie alle giovani donne restava simpatico, che più d'una gli chiese vita di coppia, ma lui, per via del suo male, ri- nunciò a malincuore, per non infettare nessuno. E per non umiliar la ragazza, né l'intera tribù, si finse amatore di maschi, che fra i Bavarexo ce ne stavano alcuni, considerati un po' sacri e un po' stravaganti, perché più vicini all'anima del giaguaro, il principe dei loro dei. Difatti i giaguari maschi dal lottare per una femmina pas- sano poi a giocare fra loro, mimando atti amatori, e uno si mette come fa la giaguara e l'altro lo copre da sopra, mostrando il membro eccitato. E il Cornacchia divenne persona di conto, e co- minciò a mostrarsi un po' effeminato, come i lepìni, così li ap- pellavano gl'indios. I lepìni passavano il loro tempo nella maniera che meglio credevano, esentati da caccia e da guerra, che pure potevano scegliere: liberi di fare ciò che volevano, purché non dessero fastidio sessualmente ai bambini. E anche i capi e gli sciamani si rivolgevano ai lepìni per organizzare le feste e le ceri- monie rituali per servire da interpreti, da diplomatici, da curatori con le erbe, da ambasciatori. E tutti avevano un amico con il qua- le accoppiarsi, che questi poteva essere anche sposato, perché le mogli non eran gelose dei lepìni, e alle donne gli effemminati insegnavano la cura del corpo o come amalgamare tinture, abbellire capanne, fare tatuaggi. Anche io ne porto uno sul dorso. Fu Jolanda a dar loro il disegno, due sciabole incrociate e un fucile, con una scritta in latino che il Ronchi tradusse e mi piacque: "Ubi centrum, ego sum", dov'è il centro della battaglia, io sono. E invece il Cornacchia si pitturò ciò che restava del volto scoperto con terre celesti, che quel colore simboleggiava la confraternita dei lepìni, e in tal modo cominciò a far ciò che più gli gustava di fare, al punto che a volte, per sostenergli la parte, dovemmo andare a caccia per lui, mentre egli faceva il nababbo sopra un'amaca, oppure sdraiato sul pontile pescava doradi e pesci coi baffi. Tuttavia convenimmo che quello era l'atteggiamento più adatto, così da non spargere altra malattia fra innocenti, che già la corruzione di un mondo diverso stava fra loro avanzando. Poi scoppiò un altro tempo di guerra. Nell'alba di una giornata che sembrava serena come tutte le altre, schizzarono dalla selva due messaggeri provenienti dall'insediamento dei Bavarexo più vicino alle terre Texeco. Si erano fatti quasi trenta miglia di corsa in mezzo alla foresta, portavano notizie tremende e il capo riunì l'intera tribù e fece chiamare anche noi. I Texeco, guidati da cinque garimpeiros bianchi, cercatori d'oro o di che altro prezioso, avevano rapito alcune fanciulle dei Bavarexo, uccidendo alcuni guerrieri e due bimbi. Poiché i garimpeiros avevano partecipato all'eccidio, ci parve evidente il disegno di scatenare la grana fra gl'indios per farli scannare fra loro, aprendo terreno alla feccia del mondo civile e alle sue razzie. Frate, potevamo non sentirci loro fratelli? Il capo decise di raggiungere con tutti i guerrieri il villaggio principale a circa quindici chilometri dal nostro, e lì decidere assieme al capo dei capi e al consiglio degli anziani. C'istradammo solo la sera, perché i Bavarexo avviarono un rito propiziatorio che andò avanti per ore, e si dovettero acconciare alla guerra, salutare donne, vecchi e bambini, mentre noi, nel frattempo, controllammo fucili e pistole, e convincemmo Jolanda a restare al villaggio, che anzi ella acconsentì di buon grado, perché qualcuno armato di sputafuoco al fianco degli indifesi doveva restare. Viaggiare nella foresta di notte è un tabù che gli indigeni possono rompere solo in caso di guerra, perché la selva non deve esser disturbata nel sonno, e non è certo esperienza piacevole per degli europei, fra mille fruscii, schiocchi, versi rauchi di bestie e di fiere, viscidi insetti sfiorati col viso, strusciate pelose, battiti d'ala, rumori... Giungemmo al grande villaggio che il sole stava sorgendo, e quasi tutti i guerrieri del villaggio si trovavano già a raduno, lepìni compresi, e una traccia di

strategia era già stata abbozzata: due colonne dovevano muo-
versi in marcia verso i Texeco, stringendo i loro campi a tenaglia,
per poi dividersi ancora e procedere fino al grande villaggio. Non
conoscendo la zona, né gli usi dei nemici che si andavano ad affrontare, ben poco riuscimmo a ragionare, che solo il Ronchi ebbe
un'idea delle sue. Visto che le armi più pericolose con cui misurar-
ci erano le cerbottane con freccette al curaro, il Ronchi consigliò
di adattarci delle corazze non penetrabili ai dardi, così che almeno il busto, il bersaglio più grosso, venisse protetto. Legammo assieme, con liane essiccate, una certa quantità di canne di bambù
robuste e larghe due dita, tagliate per la lunghezza di cinquanta
centimetri. Indossatele attorno al corpo, che l'impalcatura era sor-
retta da due bretelle vegetali, rimanevano libere le braccia, le
spalle e le gambe, ma ci eravamo coperti il torace, il ventre, la
schiena e i lombi. Ci fasciammo a vicenda con altra raffia, che il
tutto aderisse bene alla vita. Sotto avevamo tenuto le camicie
perché ci proteggessero la pelle dallo sfregamento del legno. In
tal modo apparimmo agli indigeni, che spalancarono la bocca
ammirati. Portavamo le pistole, due fucili, uno a canna corta e
uno a canna lunga che ne avevamo comprati di più moderni a
Porto Alegre, la fiasca della polvere e la giberna con le pallottole,
le cartucce e gli stoppaccioni, il machete legato dietro alla schiena, perché non fosse d'intralcio. Gl'indios, come di solito facevano
innanzi alle novità, cominciarono a toccarci, e a sorridere, e a far
sì con la testa. Erano circa 1.500 i guerrieri Bavarexo, entro duemila o poco meno i Texeco, che avremmo di nuovo dovuto supplire al numero con l'ardimento. Ci dividemmo così, in due colonne. Io e il Cornacchia, un poco febbricitante, stavamo in una e il
Ronchi nell'altra, per pareggiare almeno in parte le armi da fuoco
dei garimpeiros. E verso quegli infami suggerimmo ai nostri indios di rivolgere in primo luogo le cerbottane, che si potesse
sfruttare l'improvvisata che i fucili avrebbero fatto ai Texeco, che
ancora non sapevano di bianchi schierati anche a fianco dei Bavarexo. All'imbrunire le nostre avanguardie avevano avvistato il loro
primo villaggio. Fu subito avvisata l'altra colonna, di modo che la
tenaglia potesse serrarsi. Noi tre restammo indietro, per interveni-
re se i garimpeiros si facevano vivi. Il nostro attacco ebbe esito
forte, che i Texeco dovettero rifugiarsi nella foresta lasciando più
di un centinaio di morti, e noi si diede fuoco al villaggio, avanzando. La prima battaglia era vinta, ma dei brasiliani nemmeno l'ombra, che noi non avevamo sparato un sol colpo, e i nemici ancora
non sapevano della nostra presenza, e ciò tornava utile allo sco-

po. Di nuovo ci dividemmo in due colonne, e ai Texeco mai fu chiaro di quante forze potessero disporre i Bavarexo e su quanti fronti agissero, anche perché i nostri indios furono sempre bravi a bloccare i messaggeri avversari e a fingere una maggior quantità di guerrieri. Si continuò ad avanzare, che gl'indios combattono anche la notte quando sono impegnati in battaglia e non mangiano e bevono fino a guerra conclusa. Noi invece facemmo uno strappo di carne secca e di latte alcolico fermentato, perché se non dormi devi almeno cibarti, altrimenti le forze calano in abbondanza. Verso la mezzanotte giungemmo a ridosso di un quarto villaggio. Dopo quello avremmo trovato il grande villaggio degli avversari, e là si sarebbe risolta la guerra. Questa volta i nemici, in agguato, ci lasciarono il passo nascosti in mezzo al fogliame, poi da dietro attaccarono, mandando urla infernali. Lo scontro fu molto cruento, anche perché non riuscimmo ad avvertire la seconda colonna e ci trovammo i Texeco davanti e alle spalle. Io e il Cornacchia aspettammo a sparare, da vedere se nel mezzo c'erano i bianchi. Colpi d'arma da fuoco non ne sentimmo, solo sibili di frecce e dardi, così che pensammo che i garimpeiros si trovassero al fianco del capo dei capi Texeco, nel loro villaggio più grande. Ci buttammo così nella mischia, che l'oscurità dominava, rotta solo da una qualche fiaccola, e io in più non distinguevo neppure i colori. Allora il Cornacchia mi gridò in romagnolo di tirare addosso a chi mi correva contro, che se anche ammazzavo qualche Bavarexo l'importante era portare a casa la vittoria e la pelle. Quando le nostre armi tuonarono, lo scontro volse quasi subito a nostro favore, perché la seconda colonna subito accorse, e di prepotenza schiacciammo i nemici. Non era difficile, a noi, accoppare i Texeco, perché quelli ti venivano addosso a valanga, e con il fucile a canne mozze a ogni colpo ne facevamo una strage, che caricammo a frammenti anche i fucili a canne lunghe, e a caricare e sparare ci alternammo io e il Cornacchia, che davanti a noi ne alzammo un bel mucchio. Alla fine, i nemici fuggirono verso l'interno delle loro terre, e noi accendemmo altre fiaccole. Fu allora che notammo, conficcati nelle nostre corazze, una decina di dardi al curaro. Ma il tempo incalzava, si doveva sfruttare il momento propizio. Questa volta ci avviammo uniti in una sola colonna, perché ci aspettavamo che i nemici buttassero in campo tutte le forze rimaste, e bisognava marciare compatti per non dire che anche le nostre file, pur senza confronto, si eran fatte un poco sottili. Stava sorgendo l'alba, quando si andò allo scontro finale. Questa volta furono i garimpeiros a dare l'avvio, abbattendo una decina dei nostri con le armi da fuoco. Noi c'impegnammo sui garimpeiros, e il Ronchi stese i primi due a bruciapelo, arrivandogli da dietro: in battaglia conviene ammazzare in situazione favorevole, che venire ammazzato da gentiluomo onorevole. Io ne beccai uno che sparava da un albero, un altro lo conciò brutalmente il Cornacchia, con il machete, che gli tagliò prima le mani, poi il naso, e intanto lo scherniva che quello gridava come un maiale, e poi gli tagliò netta la testa, e fu lì che compresi che Bartolomeo stava dando di matto. Il quinto rivelò il suo rifugio alla palla vendicatrice del Ronchi, quando sparò dal fogliame a me e al Cornacchia, che correvamo a piazzarci dietro la prima capanna che sorgeva nella radura. Quel cecchino mi prese nel fianco, sfasciando il mio busto di canne, così che caddi in avanti, con una lacerazione profonda e due costole rotte, che a fatica tiravo nel fiato. Raggiunti dal Ronchi, coperto io dai compagni, perché non avevo più l'armatura e camminavo piegato causa il dolore, corremmo in avanti mentre tutt'attorno ci si stava scannando a macello.

«E tutta la brutalità che sta dentro l'uomo sembrava prendere forma, concitata e ormai priva di regole logiche, perché gl'indios strappavano i cuori agli avversari caduti e li mordevano per sfregio, oppure tagliavano le pance e sfilavano le budella, o gli spaccavano il cranio con pietre e mazze e lo svuotavano del cervello, che al Ronchi gli venne da vomitare. Coloro che avevamo innanzi non erano i Bavarexo che conoscevamo o i Texeco, ma dei veri e propri demoni lordati di sangue. E più lo scontro volgeva verso il termine, più gli indios diventavano avvelenati da quell'orgasmo. Facendoci largo a suon di pallettoni procedevamo a cuneo, e giungemmo nei pressi di una capanna, lunga il triplo delle altre. Compresi subito che si trattava della capanna del capo dei capi del gran consiglio dei Texeco, e che si stava arrivando all'epilogo degli epiloghi. Sulla porta d'entrata apparvero inaspettati tre garimpeiros, che iniziarono a sparare all'impazzata e ci davano anche di machete, uno di sciabola, mentre a turno ricaricavano. Dietro di essi si vedeva un indio, più grande e più grosso degli altri, adorno di piume, e con al collo una strana collana, che capii esser fatta di orecchie umane dei nemici che in vita sua aveva abbattuto. Con i fucili a canna lunga ci mettemmo in posizione, difesi da una trentina di Bavarexo in circolo attorno a noi, prima che i garimpeiros si accorgessero della nostra presenza, aprimmo il fuoco, che uno cadde, e un altro rimase ferito. Avanzammo facendoci appresso con altri guerrieri dei nostri e di nuovo sparammo da sette, otto passi a canna mozza, che la potenza dei pallettoni spappolò il terzo e il ferito, e fece volare all'indietro il capo dei capi Texeco. Non facemmo a tempo ad entrare nella lunga capanna, che i Bavarexo avevano già cominciato a trucidare uomini, vecchi e bambini, alla fine quasi 150, che l'antica partita con i loro avversari di sempre si era conclusa, e fummo assordati da urla disumane. Il Ronchi ci implorò di andar via, perché la nausea di nuovo gli aveva preso tutto il corpo. Il Cornacchia, invece, dovemmo trascinarcelo che farfugliava frasi da matto, aveva gli occhi spiritati, schizzati dalle orbite e la febbre lo stava cuocendo. Ora non voglio essere ipocrita e accusare solo il modo degli indios. Quando si combatte, come già ti dissi, frate, non esistono più regole, che poi credo non esistano neanche nella vita di tutti i giorni. Quando dai sfogo alla violenza e alla morte, e varchi l'ultima soglia del ritegno, allora tutto è possibile. È la Bestia in agguato nell'uomo che trova i suoi varchi. Anche gli austriaci del Papa hanno trucidato, torturato e massacrato in Italia senza alcuna pietà, infierendo sui nostri compagni ormai arresisi e disarmati. O gl'imperiali di Pedro, che non si fan scrupolo di fucilare donne e fanciulli, di svilire, stuprare, umiliare. Gli indios, nel mettere in pratica la violenza, non ci pensavano due volte a finire gli avversari, anche se barbaramente, ma almeno lo fanno di prescia, con ritmo automatico. Noi, che siamo civili, suoniamo il tamburo, ci accomodiamo le divise, chiamiamo all'ordine, all'attenti, all'imbracciarm, al mirare, un prete a benedire e poi facciamo fuoco. Noi siamo il plotone di esecuzione o il boia, e prima dell'impiccagione o della garrotizzazione lasciamo pena e pena nell'attesa, siamo più sadici, per dare, alla fine, identica morte. Noi, frate, siamo in verità più falsi e perversi nelle nostre buone maniere.»

XX

Luigi era affranto dalla fatica, perché aveva molto raccontato. E nella pausa, fra Martin si trovò a meditare sui monaci vagabondi, che nel medioevo calcavano le strade del mondo, esenti da ogni ordine e da ogni imposizione comandata dalla Chiesa, rischiando l'eresia e il rogo, ma compartecipi della povertà che fu del Cristo, e della Sua scelta. Unici in quella stanza, essi parevano condannati a chissà quale pena infinita, oppure due eremiti, abitatori di una caverna sperduta fra le Ande, che solo di silenzi e di parole si cibavano. Ma in due, pensò il frate, maggiormente si riesce a ricercare la verità, piuttosto che abbandonati alla singola solitudine, o a un'erranza individuale.

«Non è forse un bene» disse il religioso «dare al cervello un po' di pace ogni tanto, così da non logorarlo?»

Il Compagnoni non rispose.

«Volete dire ancora, Luigi, o vi necessita di riposare?» chiese il frate.

«Desidero continuare, se per te va bene» gli rispose il Compagnoni. «Il narrare stringe ancor più la coppia che tu e io abbiamo formato. E una coppia, in tempo di epidemia, non è ricchezza da poco. Anzi, un trio, che non dobbiamo scordarci Felícita.»

Il religioso sorrise.

«Bene, nonostante la debolezza fisica ti sento allegro. Anche se la morte, non scordarlo, è il quarto pellegrino che ci sta accompagnando in questo tormentato viaggio.»

«È infatti l'ultimo passaggio che ci resta da affrontare» precisò il monaco.

Aggiustati i lerci cuscini, Luigi riprese a narrare. «Cessata la battaglia contro i Texeco, noi italiani ci andammo a stendere sotto un albero della gomma, un poco discosto dalla radura teatro del sangue (ci sarà mai vittoria senza sangue, giacché la sconfitta è sempre nel sangue?), e là demmo dentro con il latte alcolico, che eravamo sfiniti. Intanto i Bavarexo avevano cominciato a raccogliere i cadaveri dei loro guerrieri, e a riportarne le spoglie ai villaggi. E quell'andare e venire di corpi durò due giorni, che i parenti li mettevano in stuoie vegetali, nella posizione del feto, per dar loro degna sepoltura all'interno della foresta e le donne passavano anche tre o quattro giorni, nel fare riti propiziatori assieme agli sciamani, prima di potersi risposare. Invece i morti Texeco vennero impilati all'interno delle capanne dei villaggi conquistati, sotto cui veniva accatastata legna secca e quindi si appiccava il fuoco, fino a lasciare solo cenere e carbone, perché agli sconfitti non era consentito entrare nel regno degli spiriti del bosco, e della loro memoria si doveva perdere anche la traccia più esile. La sorte dei cadaveri dei garimpeiros fu raccapricciante. Denudatili, furono letteralmente fatti a pezzi dalle scuri dei Bavarexo, e le varie parti dei corpi vennero piantate su pertiche e issate verso il cielo, così da consumarsi in balia degli elementi naturali, oppure essere divorate dagli insetti o dagli uccelli predatori. Il Ronchi commentò schifato che nessuno gli avrebbe creduto, se lo avesse raccontato. Io gli risposi che anche a Santa Maria avevano impalato il mio amico dalmata, ed erano imperiali! Bartolomeo, che mandava un calore inimmaginabile e le parole gli si aggrovigliavano in gola, bofonchiò che bisognerebbe affidare il Papa e Pedro e quei loro sgherri agli indios, che avrebbero saputo loro come trattarli. Così, di nuovo, ci attaccammo alle zucche piene di fermento alcolico, e il Cornacchia si mise sotto la lingua anche una gocciolina di curaro e si sdraiò, abbandonandosi al sonno. Le operazioni di smistamento dei cadaveri, cremazione e sevizie sulle spoglie dei garimpeiros, andarono avanti per il resto della giornata e per tutta la notte. Verso le sei, che il sole stava cominciando a calare, il capo dei capi dei Bavarexo ordinò ad alcuni guerrieri di prenderlo sulle spalle, e su quelle si issò in piedi, da sembrare gigantesco, che l'enorme rogo si era del tutto spento e solo qualche sottile colonna di fumo ancora ondeggiava, andando a cercare il cielo. Pensammo che fosse una specie di rito trionfale, ma ci sbagliavamo. Postasi in testa una regale corona, composta da penne di fagiano maschio, cambiati i colori di battaglia, come mi disse il Ronchi, sostituiti con il blu proprio del suo clan unito al rosso dei Texeco, cominciò a urlare verso la foresta, e ripeteva una breve frase che, se ben ricordo, suonava così: "Ciquà xamèro, ciquà, Texeco". Andò avanti per una decina di minuti, fino a che, come fantasmi, cominciarono a uscire dalla selva i guerrieri sopravvissuti della tribù nemica, che se ne radunarono alcune centinaia e, davanti a lui, deposero le armi. Quindi le donne dei Texeco, seguite dai bambini e dai vecchi. Questi ultimi furono portati dai nostri verso il bordo del villaggio e là uccisi tutti, a colpi di mazza, mentre i restanti Texeco non fiatavano. Quando i loro corpi vennero accatastati all'interno di un'altra capanna e bruciati intendemmo che i Bavarexo non volevano sobbarcarsi il mantenimento dei vecchi e, soprattutto, non volevano tra i piedi i saggi custodi delle credenze della memoria della gente rivale, perché ogni traccia della cultura Texeco doveva sparire per sempre. Il capo dei capi scese dalle spalle dei suoi uomini, e i Texeco, sfilando davanti a lui, si inginocchiarono quale atto di sottomissione e poi, uno alla volta si andavano a stendere ventre a terra, prendevano il suo piede destro e se lo poggiavano sulla nuca. Così fecero le donne e i bambini.

«Infine il capo dei capi proclamò con solennità una formula che suonava all'incirca così: "Ora siete Bavarexo, i Texeco non esistono più".

«Li aveva inglobati nel suo popolo, che il territorio sotto il dominio della sua tribù andò a raddoppiarsi, e ne istradò gruppi di trenta o quaranta verso tutti i villaggi Bavarexo, mentre, nei giorni seguenti, ordinò che parte del suo popolo si trasferisse in quelle che erano state le terre dei nemici, affidandogli i restanti Texeco. Nella selva erano rimasti nascosti alcuni altri guerrieri, ma i Bavarexo non se ne preoccuparono e infatti nelle settimane seguenti, a piccoli gruppi vennero fuori per sottomettersi, che fra scegliere di essere accolti e digeriti da un altro popolo e il dover sopravvivere da sbandati, i Texeco ancora ribelli decisero per la prima soluzione. Noi avevamo trascorso tutto quel tempo giocando alla morra, cercando d'indovinare il canto degli uccelli, rammentando l'Italia, questionando sugli uomini e sul mondo, nonché discutendo sulle usanze degli indios, alquanto diverse dalle nostre. Finalmente giunse anche il nostro turno, e cominciarono cerimonie celebranti la vittoria. Riti che andarono avanti per dieci giornate e dieci nottate, a suon di canti, balli, mangiate, bevute e accoppiamenti, com'è proprio di tutto il mondo. Dopo aver tessuto le nostre lodi e averci ringraziato, il capo dei capi ci cinse la testa con tre copricapi di piume, chiamandoci eroi; poi si ferì con il coltello il palmo della mano destra e c'invitò a fare altrettanto, che eravamo diventati a tutti gli effetti fratelli. Anche nel nostro villaggio di appartenenza fummo accolti come dei trionfatori; Jolanda rideva divertita e dovemmo baciare i bambini, toccare gli ammalati e ci portarono anche in processione verso la capanna dei saggi, e dentro sorbirci le nostre lodi, non capendo che un terzo di ciò che dicevano. E anche dei doni ci vennero offerti senza obbligo di ricambio. A me regalarono un porcellino, la pelle di giaguaro che vedi alla parete, una cerbottana e, per finire, Felícita. Al Cornacchia, una scorza di alligatore che poi barattò a Campo Grande con due bottiglie di rhum, un arco con frecce e una biscia d'acqua albina, naturalmente viva e rarissima, che veniva usata contro il malocchio. Al Ronchi due asce intagliate nell'ambra che portavano dentro in trasparenza insetti vissuti nel mondo milioni di anni prima, un orecchino d'oro che il nostro compagno se lo mise e da quel giorno portò fino alla morte, e una giovane vergine, che avrebbe potuto anche non sposare, perché dopo aver giaciuto con un eroe, sarebbe divenuta donna alquanto ricercata dai guerrieri, e di certo avrebbe trovato un degno marito, anche se dal Ronchi fosse rimasta ingravidata. Una sera apprendemmo che la laguna che aveva sommerso il sentiero per Campo Grande si era ritratta, la melma seccata e noi potevamo passare. Decidemmo di ripartire, non senza nostalgia, e facemmo avvisare il capo dei capi, il quale, scortato da una trentina di guerrieri, la mattina dopo entrò nel nostro villaggio e nella grande radura diede il via a una litania che durò circa due ore, perché eravamo suoi fratelli. Poi mangiammo insieme e, terminata una cerimonia d'addio, dopo averci abbracciato, sentenziò, che ancora ricordo: "Nanamési cublaghìto estemàni cèi axèrio, cèi botèra, cèi vinàles". Che voleva dire: "La nobiltà d'animo è un totem della virtù, come immortale è la gloria, la fratellanza e il respiro". Quindi ci voltò le spalle e, senza girarsi, fiero e impettito, scomparve nella foresta. Sparito lui nella selva, fummo di nuovo assaliti dagli indios, che perdemmo altre ore a salutare, abbracciare, stringere mani, mentre le trombe di legno suonavano. Alla fine un gruppo di uomini ci accompagnò sul sentiero e montammo a cavallo, che la selva li aveva già risucchiati.»

XXI

Di nuovo distrutto dal narrare, Luigi tacque.

Fra Martin lo prese delicatamente per le spalle e lo adagiò sui cuscini.

A tale premura, il Compagnoni andò a cercare la mano del religioso per stringergliela, e chiese al sacerdote: «Quanto ancora durerà quest'agonia? E quanto durerà ciò che devo narrare?».

Il monaco rispose: «Qualora non riusciste a farlo, continuerò io il vostro narrare anche se non so i fatti».

Luigi, ringraziando, si girò sul fianco.

Fra Martin, aggiustata la penna sulle carte, così che non dovesse cadere e spuntarsi, sorbite appena due gocce d'acqua nonostante l'arsura, si adagiò sulla poltrona.

E il sonno giunse di nuovo, andando a supplire l'assenza di cibo e di medicine. L'ultima pallina di oppio rimasta doveva servire a Luigi: riusciva a stagnare le evacuazioni del malato, bloccandone, per un poco, l'intestino e i dolori. E mentre nella stanza maleodorante due fedi si incontravano piano nella ragione, senza negarsi l'un l'altra, fuori la folla non conosceva più freni.

Nella favela di Sumaré, posta a ovest del centro di Rio, una bambina di nome Fefé, detta la Muta, aveva ripreso a parlare, e tutti i vicini si erano precipitati nella baracca dei suoi genitori chiamandola santa, e domandandole benedizioni e segnature. La fanciulla, stordita, assecondava il volere della turba eccitata, con un unico vivo pensiero: il suo sogno di sempre si era avverato, lei ora poteva cantare il samba, come tutti gli altri ragazzi. Sua madre, che faceva la ricamatrice per le suore del Maranito, esaltata dalla folla e dal fatto, la prese in braccio e si lanciò di corsa verso il convento delle religiose, per renderle partecipi dell'evento miracoloso. Dietro di lei corsero tutti, gridando, e a ogni viottolo, a ogni sentiero, a ogni viuzza, a ogni strada si aggiungevano altri. In ultimo il serpente contava centinaia di persone invasate, che inneggiavano a Fefé e al prodigio. Giunti alle porte del monastero, senza che alcuno potesse fermarli, cominciarono a battere e a premere come dei forsennati sugli spessi legni, gridando alle monache che spalancassero, perché la piccola beata potesse ringraziare la Santa Vergine, la cui immagine votiva era lì custodita. All'interno le suore impaurite, che non avevano inteso di tanta confusione, tremavano fra loro raggruppate nello studio dell'abadessa, che ordinò a una novizia di uscire dal retro e recarsi da Monsignor Caboclo, padre spirituale del convento ed esorcista, di modo che egli si precipitasse per aiutarle a trovare una soluzione. Il sacerdote, scosso e implorato fino alle lacrime dalla novizia, afferrati i paramenti sacri, la seguì fino al convento, preoccupatissimo delle suore e di sé, perché a conoscenza del massacro compiuto da due pescatori al monastero di Lagoa. Padre Caboclo, con gli abiti da liturgia, un aspersorio e il libro delle preghiere per scacciare il Maligno, si affacciò al balcone della piazzetta dove stava il popolo e si mostrò alla masnada, chiedendo il silenzio. «Brava gente, a che scopo il riunirvi davanti a questo edificio sacro? Chi è il capo di voi?» Le risposte si accavallarono frenetiche, perché tutti i presenti urlavano insieme la loro paura e i loro bisogni: chi piangeva, chi pregava, chi si rivolgeva a Dio come a un amico, chi bestemmiava il morbo e il contagio, chi imprecava contro i ricchi e l'imperatore, chi sobillava a un'azione di forza, chi si dimenava come un tarantolato... e Fefé veniva sballottata come un fagotto. Alcune donne, strappatala alla madre, la alzavano per mostrarla al prete, il quale cominciò platealmente a fare in aria grandi segni della croce e a spruzzare acqua santa sulla moltitudine, riuscendo a ottenere di nuovo il silenzio. «Tu, che ti sbracci tanto e che sbraiti; sì, tu, dalla barba e dalla retina ai capelli, dimmi per tutti, perché io possa comprendere!» Il capopopolo si fece avanti: «Noi si sta morendo di fame e di malattia, che nessuno si cura del nostro stato, voi e le alte cariche pubbliche dovete provvedere, se no daremo il via alla sommossa e ci saranno coltelli che andranno a sventrare i colpevoli... E ora fate aprire il portale e i cancelli, che abbiamo fra noi una santa che ci guida. Fefé del Sumaré è il nostro vessillo, che, muta da undici anni, ha ripreso a parlare. È alla Madonna del Maranito che vogliamo farla vedere. Che le suore ce lo permettano, e che preparino anche del bere e del mangiare, perché noi del popolo si festeggi!». Monsignor Caboclo, solo parzialmente rassicurato dalla tenuta del portone di ingresso al convento, tentò la furbizia. «Il caso è complesso. Prima di beatificare e di accettare un fatto come mirabile, deve riunirsi il Tribunale Ecclesiastico, poi inviare *le prove e le testimonianze a Roma, al Santo Padre, e attendere anche quel verdetto. Però io già qualcosa posso fare, essendo e-sorcista con dispensa vescovile. E se risulterà ciò che ora vi chiedo, il portone verrà aperto e otterrete quel che avete chiesto... Spogliate la fanciulla e mostratela nuda, che vi dirò.» L'arruffapopolo con barba e retina intimò alle donne di denudare la bambina e che si facesse spazio, che tutti potessero vedere. Nonostante i pianti di strazio della ragazzina, sporca, denutrita e minuta più dei suoi anni, il suo corpo venne inghiottito dalla folla e risollevato nudo e indecente, esposto come un capretto. Viscido, il sacerdote ricominciò: «Se essa è miracolata e beata, deve portare su di sé i baci dello Spirito Santo. Guardate perciò con attenzione se tali impronte sono evidenti, di modo che la pelle sia visionata in ogni suo centimetro». Mani dalla folla, incuranti dei pianti della bimba e al suo chiamare con singulti la madre, del resto ormai complice anch'essa, si sollevarono a palpare la fanciulla, a investigarla anche nei recessi più intimi, a sputarle addosso e a sfregarla per mondarla dallo sporco di giorni che la ricopriva, a rivoltarla come un sacco di patate; ma le tracce dei baci dello Spirito Santo non vennero trovate, e ciò fu gridato all'esorcista. Al cupore della piazza, il Monsignore chiese un'altra verifica, l'ultima e la definitiva, cioè che si domandasse a Fefé di recitare i salmi in latino, e che ella elencasse, in latino, le Virtù Teologali che accompagnano l'agire del buon cristiano, chiarendo alla folla che qualsiasi miracolato è in grado di farlo per dono divino, anche se ignorante e non praticante; così come ogni indemoniato, sebbene incolto, sempre in latino o in greco antico, riesce a elencare i Sette Peccati Capitali, che gli sono entrati nell'animo, una volta accettato il demonio. Il faveliero che aveva preso la parola per tutti ordinò allora alla piccola di parlare, ma dalle sue labbra nulla uscì. Lei stava ammucchiata sui palmi di quelle mani immonde e con le manine si copriva il sesso e singhiozzava. Allora le mani iniziarono a colpirla con pugni, graffi e ceffoni, scaricandole addosso tutto il rancore della miseria ignorante. La fanciulla era ritornata muta per la paura e per l'orrore. Il convento, le suore del Maranito, l'esorcista e le Istituzioni erano salvi. Fu allora che una lama brillò, per sparire nella schiena della ragazzina. Il parapiglia scoppiò come una bomba, tutti si misero a colpire tutti, a urlare, a fuggire, a inseguire. In ultimo, rimasero cinque corpi calpestati sul piazzale, fra cui la sagomina di Fefé, che aveva tanto sognato di poter cantare.*

105

XXII

All'improvviso il Compagnoni andò in uno stato convulsivo, e bava e sangue gli uscivano dalla bocca, e un irrigidimento gli bloccava il diaframma, la respirazione stentava, gli occhi, giratisi, mostravano il bianco, e scatti nervosi lo facevano sobbalzare sul letto. Il monaco si precipitò e lo prese fra le braccia.

Luigi riuscì a mormorare: «Qualcosa mi si è spaccato dentro».

Il sacerdote non sapeva più cosa fare. Allora, sebbene il caldo fosse opprimente, lo ricoprì con alcuni indumenti presi dall'armadio e quindi, apertagli con forza la mascella, gli afferrò con le dita la lingua perché non si affogasse e gli cacciò in gola la pallina d'oppio rimasta. Con il peso del suo esile corpo tentò di fermargli il tremito, mentre di nuovo liquidi scuri uscirono dall'intestino del Compagnoni. Il monaco intanto gli soffiava all'orecchio: «Resistete, per misericordia, resistete. Anch'io, assieme a voi, resisto. Non mi lasciate. Fate quest'ultimo sforzo. Pensate a Jolanda, al Ronchi, al Cornacchia e a tutti i vostri compagni che sempre avanti sono andati, e mai hanno abbassato le armi, e fino all'ultimo hanno combattuto. Pensate all'Italia, alla vostra Romagna, a questo testamento che stiamo assieme a compilare. Fatevi forza, che io sono qui e non vi lascio. Respirate, respirate e calmatevi, mentre io vi tengo. Ancora la morte deve attendere, non è questo il momento».

Il morituro ripeté: «Non è questo il momento... Non è questo il momento».

Dopo una ventina di minuti la droga cominciò a fare effetto e il corpo dell'italiano andò gradatamente a rilasciarsi. Anche il volto si distese, e il gonfiore venne un poco ad attutirsi, le braccia gli scivolarono lungo i fianchi, e il respiro tornò abbastanza regolare, anche se, a tratti, qualche sobbalzo il petto ancora lo frammentava.

Luigi sussurrò: «Madonna, quanto è difficile morire, così come nascere, così come campare, così come resistere. Tutto è difficile, in questa vita, che solo il cogliere l'amore e la natura nel loro attimo diviene facile. Altro non rimane».

Fra Martin lo guardò e acconsentì. Notò anche che la stella di lentiggini dell'infermo, per chissà quale altro bizzarro giro di sangue, andava gradatamente a sparire. Il tanfo e l'odore dolciastro della morte non riusciva a lasciare la camera neppure dopo che il monaco aveva spalancato le finestre, la porta della stanza, e financo l'uscio che dava in strada. Anzi, era andato ad aumentare, perché tutta la città puzzava negli effluvi tipici della decomposizione. Di nuovo, il religioso si portò il fazzoletto imbevuto nell'aceto davanti al naso e alla bocca e tossì, sebbene la smania e la temperatura sentiva che erano un poco calate; ma non provava appetito, un crampo teneva l'imboccatura dello stomaco e le budella si contorcevano come serpenti, mandando rumori cupi, che di nuovo il pensiero del contagio lo prese, ma con meno ansia, perché era giunto alla conclusione che, se Dio lo voleva a sé, Dio poteva disporre a Suo piacimento. Lo confortava, inoltre, l'aver potuto raccogliere tanta memoria di narrazione e il poter accompagnare alla morte, col dialogo e la vicinanza, un uomo così contraddittorio e nobile. E il sentirsi via via dentro se stesso cambiato, non negato, da quell'uomo che il narrare più che la morte andava addolcendo. Resisteva, il sacerdote, anche merito del compito che si era scelto, cioè quello dell'ascoltare, senza però privarsi del riflettere su ciò che verbalizzava, perché aveva capito che il meditare assieme era divenuto l'unica possibilità di scampare alla catastrofe nella quale Rio, e forse tutto il pianeta, stavano sprofondando. Resisteva, il frate, come un guerriero. Le sue non erano le stesse armi di Luigi, ma egualmente efficaci. Ora stava a lui difendere ciò che l'umanità di buono aveva conquistato. Il testimone era stato passato. Si era giunti al cambio della guardia, su quell'ultimo baluardo contro la peste, vissuti e consolati da fratelli. Felícita volteggiava e volteggiava, nell'assenza del tempo e nel volo inseguiva il suo volo, perché il battere delle ali era l'unica certezza su cui poteva fare affidamento. L'unica, dono dell'origine e della grazia che l'origine le aveva consegnato.

Il Compagnoni si scrollò. «Procediamo, frate? Dove siamo rimasti? Fai il punto a questo marinaio malandato, che ora reggi tu il timone, assieme alla vela.»

«Compito non da poco. Voi mi state addossando rotta e governo della nostra scialuppa... Allora, stringete i denti e continuate a dettare, che io sono pronto. Si era sulla strada per Campo Grande...»

«Ah! Sì, la strada per Campo Grande. Superata la palude disseccata, giungemmo nella cittadina senza faticare più di tanto, perché il sentiero dei cercatori d'oro era riapparso come per incanto. Là vivono i Caboclos, pescatori e contadini civilizzati, che sfruttano i corsi d'acqua randagi e le piene, per trarre pesce dalle pozze che rimangono, una volta ritiratesi le acque; oppure piantano patate nel limo, che crescono in neanche un mese. E girano anche i Bandeirantes, gente di confine, sciacalli di cento razze e nazionalità diverse, mischiati come carogne nell'Inferno, che sono briganti, mercenari al soldo di questo o di quel proprietario, cacciatori di taglie e di schiavi, predoni, razziatori di bestiame, stupratori, seviziatori di fanciulli, rapinatori; e si muovono a gruppi di centinaia, con le femmine al seguito, i bambini, i vecchi, tutti infidi come loro, e sono armati fino ai denti, anch'essi dal corpo pieno di tatuaggi. Non rituali come gl'indios, bensì teschi, animali feroci, scritte blasfeme, cuori trafitti da pugnali, Madonne nude con le tette e i peli, con l'aureola attorno alla testa, e la scritta "Tu sei la nostra prima puttana", oppure "Chiaverei solo te". Anche dei Gesù hanno tatuati, con sotto "Dammi il denaro o ti crocefiggo come lui", oppure "A fare il buono si finisce in croce come Cristo". Si tatuano anche i demoni, che il diavolo è una delle loro decorazioni più usate. Financo in faccia si praticano i tatuaggi, che ne ho visti alcuni che sembrava avessero indossato maschere terrificanti. Poi hanno cicatrici di rasoio che si fanno, da ubriachi, lungo le braccia, sul busto e sulle gambe; le cospargono di cenere, quando sono ancora slabbrate, che la carne si viene a cicatrizzare, ma l'incisione risulta sempre evidente. Alcuni tengono in tal modo il conto delle persone che hanno ammazzato. A Campo Grande stava un Commissario Governativo e venti soldati di guarnigione. Dovevano perlustrare e amministrare 60.000 chilometri quadrati di territorio, più il Pantanal do Rio Negro, un'enorme palude, o valle o laguna o lago, non so come definirlo, che si stende per miglia e miglia e miglia, prendendo parte della Bolivia e del Paraguay. Impossibile, quindi, contrastare i Bandeirantes. Con quelli, il Governo della Regione e il Governo Centrale dovevano scendere a patti, a volte anche usandoli per far scorrerie oltre i confini di stato, di modo che, qualora fossero catturati dall'esercito boliviano o paraguaiano, non scoppiassero questioni fra i governi. Vicino al villaggio di Corumbá, di cinque case e una cappelletta, sparsi su di una radura lambita da un acquitrino infestato dai caimani, giacevano centinaia di corpi massacrati e poi divorati in parte dagli alligatori o dai cani selvatici, richiamati dall'odore del sangue. Erano indios Xenaco, tutti nudi, gli uomini tinti solo di terre pigmentate, le donne con le orecchie tagliate per

fare in fretta a strappare loro gli ornamenti d'oro appesi, i ragazzi-
ni straziati o pestati dalla furia dei cavalli. Alcuni guerrieri brandivano ancora le loro rudimentali armi, che niente avevano potuto
fare, visto che degli assalitori non c'era neppure una traccia, neppure un morto, la consolazione di una vittima fra i nemici. Cerbottane, archi a freccia lunga, mazze, copricapi piumati, cinture e ta-
lismani senza valore dovevano essere stati ammucchiati in un angolo della piana, poi bruciati. A Corumbá, dove ci fermammo per
due settimane, venimmo a sapere che erano stati i Bandeirantes,
comandati da un certo José di Santa Cruz, a combinare quella
carneficina.

«La banda di delinquenti, assoldata da Don Chico Andrade, un
faccendero del posto, aveva avuto il compito di liberare quelle
terre dagli indios, che vi dimoravano da secoli, per poterle tra-
sformare in fertili spianate da farvi pascolare le mandrie, abbattendo acri e acri di foresta, che già i disboscatori erano al lavoro.
Seduti al tavolo della taverna per cenare, con Jolanda ancora
provata dalla scena, prendemmo una decisione e a voto unani-
me. Poiché Andrade impersonificava quello che per noi era l'avversario primo che, nell'esistenza, avevamo deciso di combattere, il nostro fu un verdetto di morte, piantando ognuno il pugnale sul tavolo, davanti a sé, alla maniera romagnola e carbonara e
giurando vendetta.»

Il Compagnoni si fermò, e con la lingua cercava di umettarsi le
secche labbra. Fra Martin si alzò dal banchetto e, imbevuto un
lembo del saio nella botticella, lo andò a premere sulla bocca
dell'infermo, il quale, lentamente, cominciò a succhiare.

Ogni gonfiore sembrava sparito dal suo volto. Vi si leggeva
solo l'umano vanto, l'umano amor proprio, l'umano opporsi e il
cercare, nel suo modo, la diversità dal male, dal mondo. Il frate
vi lesse il sorriso del Cristo sulla Croce.

Fra Martin pensò con sofferenza alla sua bella città, che era
stata Rio de Janeiro. La città del sole e del mare turchese. La città dell'allegria sfrenata, delle sabbie di spuma dorata, delle case
da gioco e dei caffè all'europea. Le cancellate di legno pregiato,
quei balconi di ferro sbalzato, quelle inferriate finemente lavora-
te, quei riccioli di stucco e gesso, quei puttini svolazzanti, quei
gerani alle finestre. La capitale del Brasile, delle spezie, delle verdi banane di Jojá, del cacao, del lattice di gomma.

Ora la bella città puzzava d'oblio, e solo l'oblio era nel vero
morte.

La nenia delle madri che piangevano i loro piccoli andava da

Gamboa al Flamengo, dalla collina di Andaraí a quella di Boa Vista; e così le incessanti litanie dei pifferi di canna che seguivano le salme, giù, dal Rio Comprido fino a Laranjeiras, da Santa Tereza al Botafogo. Ma erano la sofferenza e l'ingiustizia a ucciderla, di cui la peste è forma. Nel male, per il disperato, spesso risiede una risposta alla vita di privazioni e di stenti. Nel male, gli emarginati riscoprono una possibilità, anche se fugace e superficiale, di rivalsa. In quel male, alimentato da altro male, ristagnava Rio, con tutte le sue troppe contraddizioni, incoerenze, falsità, insensatezze.

Sarebbe riuscita la città a ricordarsi di questo, per uscire nuova dalla sua morte, per riscattarsi, nel morbo, dalla violenza e dall'oppressione?

«Quale disperazione, perdersi nel cedimento delle carni!» mormorò in quel momento l'infermo. «Quale punizione, non trovare intesa fra mente e pulsione di cuore. Io solo nell'azione armata ho raggiunto un punto di congiunzione, che per il resto mi sono sempre sentito come spezzato in due parti. La mente da un lato, il sentimento dall'altro. Sì, unicamente nel turbinio del combattimento sono riuscito a dimenticare il doppio essere che mi viveva... Ma adesso rimettiti a scrivere, frate, che ti ringrazio per tutte le premure che mi rivolgi. Solo in tali premure risiede l'antidoto contro il veleno che ci domina.»

Fra Martin si era ormai abituato allo speciale legame che li univa, così che uno iniziava con il pensiero a dare volto alla riflessione e l'altro terminava con la sua meditazione, senza che alcuna parola venisse fra loro concordata e quindi proferita.

XXIII

«L'Andrade, il faccendero, abitava a cinquanta miglia da Corumbá, in una robusta casa in muratura, circondata da un patio.
Come già ti ho detto, da sempre i governi brasiliano, boliviano e
paraguaiano stavano a contendersi quell'angolo d'America, non
certo importante per le ricchezze che danno il suolo o il sotto-
suolo, ma strategico perché da lì passa il corso del Paraguay
che, se disceso, ti porta fino a Corrientes in Argentina, dove
placidamente si immette nel Paraná, per poi, giù giù, arrivare fino all'insenatura del Rio della Plata, quindi a Buenos Aires e a
Montevideo, divenendo in tal modo un'importante via di comunicazione per il trasporto delle merci, le quali, caricate nell'ultimo tratto su lunghe chiatte, giungono, senza intoppi, all'Oceano. E l'Andrade si era scelto quel posto per dominare, corteg-
giato sia dagli emissari di Pedro, sia da quelli provenienti da La
Paz o da Asunción, come signore indiscusso di quelle terre e del
Pantanal do Rio Negro. "Re della Frontiera", appunto lo chiamavano. Una frontiera... un confine sempre labile, come può esistere tra un corso d'acqua e l'argilla che dorme sulle sue rive. C'i-
stradammo, guidati da un "custode del fiume", come vengono
appellati gli abitanti del Pantanal, che, una volta intese le nostre
intenzioni, non volle denaro e anzi ci lasciò la sua benedizione e
la sua buona fortuna come compagna. Accampati in un bo-
schetto di rodonie a non più di tre miglia dalla fazenda, accendemmo un fuoco tranquilli, aspettando gli sgherri di Don Chico,
che erano una decina, con facce da galera, alcuni con le mani
dipinte come fanno i boliviani, che si danno del bianco che pare
non ci sia la carne, ma solo le ossa degli arti. C'intimarono di se-
guirli, e noi, per finta remissivi, montammo a cavallo e gli andammo dietro. L'aguzzino d'indigeni, saputici italiani, cominciò
a dire di essere fedelissimo al Papa di Roma, e che tempo prima
aveva aiutato i Gesuiti a costruire una missione nei pressi di
Cuiabá e che quei religiosi gli erano debitori, e qualche volta li
andava ancora a trovare, che, se volevamo andare, uno dei sa-

cerdoti era nostro connazionale e fra compatrioti, in terre ostili e straniere, fa sempre piacere ritrovarsi. Ma neppure si alzò dall'amaca, quando fummo presentati al suo cospetto, e il carattere arrogante e prevaricante si leggeva su quella sua faccia rugosa, da rospo. Cenammo con riso e cappone ai peperoni, seduti su una panca a ridosso dell'ampio focolare, con piatti di stagno sulle ginocchia e lui che ci scrutava dalla sua tavola. La casa del faccendero si presentava solida, e ruvidamente arredata; ma la potenza dell'individuo si notava dai mille oggetti d'oro e d'argento ammucchiati un po' ovunque, e anche lui desinava in piatti preziosi, che Don Chico ci disse stupido inseguire i minerali di conto, forando il suolo o vagliando le sabbie dei fiumi, perché li potevi con facilità raccogliere dai corpi degli indios, oppure dalle bisacce dei cercatori, evitando la fatica e liberando il territorio da ospiti scomodi. E rideva con un ghigno malvagio. Richiesti di raccontargli la nostra storia, se ne incaricò il Ronchi, inventandosi fatti straordinari, tramite i quali, con astuzia, andò a toccare le corde che all'Andrade piacevano, cioè il privato interesse, l'agire senza scrupoli, il prostrarsi al potere di chi è più forte, il prestarsi ad atti criminali qualora il padrone per cui lavori te lo venga ad ordinare. E il faccendero beveva il tutto, perché la ruffianata era ben costruita anche nel tono, al punto che ci propose di riprendere il discorso l'indomani, anticipando che ci avrebbe fatto una proposta alla quale non avremmo potuto rifiutarci. Offertici vino e tabacco, riprese a dirci con vanto le sue malefatte, che per lui fu un vero godimento potersi decantare innanzi a un pubblico partecipe e compiacente. Ci congedammo dall'Andrade, che sentenziò che altre carneficine se ne sarebbero consumate, fino a quando tutto il Mato Grosso non fosse divenuto unico territorio dei bianchi, e in tale crociata egli era impegnato da sempre. Il giorno successivo Don Chico, a colazione, dopo che ci aveva fatto accomodare alla sua tavola, ci propose di unirci a lui in detto compito di pulizia, che dei locali si fidava sempre meno, così dei Bandeirantes. Ed europei facevano invece al suo caso, perché da sempre impegnati in codeste imprese di necessario scopo civile, nemici del sangue estraneo e abili conquistatori. Dichiarando falsamente il nostro interesse, prendemmo tempo da ambo le parti per ragionare di accordi e degli eventuali compensi, e l'Andrade, contento della nostra disponibilità, promise che avrebbe redatto una bozza di contratto, da sottoporci e da stipulare. Usciti in cortile, il Ronchi buttò: "Anche un contratto vorrebbe fare. Ma a quale Amministrazione potremmo rivolgerci, qualora non lo onorasse? Alla brasiliana, alla boliviana o alla paraguaiana? Forse pensa che siamo dei fessi. Già lui reputa di poterci usare per un periodo più o meno lungo e poi, una volta sfruttati per benino, farci fuori, e chi si è visto si è visto".

«Alla fattoria ci stava un uomo fiduciario, un certo Facedo, mentre i guardiani in quel momento nella casa non erano più di venti. Non risultò perciò difficile adattare un piano per eliminare l'Andrade, pur essendo noi solo quattro. Neppure le pistole e i fucili ci avevano tolto, dal gran che si sentivano sicuri, né pensando che alcuno potesse prendere a cuore la sorte degli indios. La terza o quarta notte sgozzammo i due di guardia, entrammo nella fazenda e tagliammo la gola ad altri due. Dopo aver provato in tutte le camere, il padrone lo trovammo nell'ultima, con una bella nera nuda e adagiata al suo fianco. Il Ronchi lesto l'afferrò, chiudendole la bocca con la mano, mentre il Cornacchia puntò la pistola alla fronte del faccendero, che al freddo dell'arma si destò. Guardandolo fisso negli occhi, impietrito, gli recitai la sentenza: "Nel nome dei popoli liberi di tutta la terra e per la fede nella giustizia che ci sovrasta, e non per la legge degli uomini ti condanniamo a morte con atto immediato".

«Così dicendo gli piantai nel cuore un pugnale, che lui, senza fiatare, rimase stecchito. Dopo aver legato strettamente la donna, non ci restava che saldare il conto con gli altri, mentre Jolanda era rimasta sotto il portico, perché nessuno interferisse nella nostra azione. Quindi decidemmo di prendere i segugi dell'Andrade, e demmo così alle fiamme il tetto della larga capanna nella quale dormivano, attendemmo che a uno a uno uscissero nello spiazzo antistante, nella foga di salvarsi. Li abbattemmo tutti, che gl'indios Xenaco furono in parte vendicati. Liberammo gli schiavi del faccendero invitandoli a prendere gli oggetti preziosi che si trovavano in casa. I giorni seguenti puntammo sul nord, viaggiando in un bassopiano sterminato, che al solito vedemmo più cose di un libro e, dal vivo, più che un geografo. Animali pelosi, con i piccoli in groppa, che a linguate ingoiavano moltitudini intere di termiti, nelle macchie della foresta scimmie dai grandi occhi dolci e dalle dita a roncola che finivano in unghie coriacee, con le quali si pettinavano le pellicce, e camminavano piano, che al suolo erano goffe, e mangiavano solo teneri germogli. Ci dilettammo a sparare alle starne e ad ammirare fagiani bellissimi detti del Paradiso, che a vederli c'è la superstizione che porti del male; ma noi di Romagna siamo troppo coriacei. E tante varietà di piante intralciavano il nostro cammino, che molte davano frutti che sembrava di masticar marzapane; altre bellissime emanavano un puzzo da animale putrefatto, perché mosche, vespe e altri insetti, una volta entrati nel cuore, restano presi da una specie di resina, e il vegetale si chiude e inizia a digerirli, che in seguito alcuni Caboclos ci dissero esisterne di grandissimi, che anche un uomo può rimanerci preso. A Candeiro, un villaggio formato da alcune baracche su palafitte poste attorno a un pozzo scavato da preti protestanti, venimmo a conoscenza che José il Bandeirante si trovava nei paraggi, e tutti erano in smania, perché individuo subdolo e sempre pronto allo sgarro. Non ci aspettavamo una tale fortuna. Egli stava con parte della banda a est, verso Alto Araguaia, mentre il suo luogotenente, un certo Lopez il Guercio, con i rimanenti si era più spostato verso il Planalto do Mato. Comprati fagioli e carne di maiale essiccata, ci rimettemmo in cammino, che dopo una decina di giorni arrivammo a Lapa Alta, e, dopo altri dieci, a Caueira, dove, il dì avanti, aveva sostato il bandito con i cinquanta e passa uomini che si portava. José di Santa Cruz si era accampato fuori dal centro abitato, preferendo il campo aperto per evitare imboscate, nei pressi della cascata di Bodé. Guidati da un giovane del posto, schivo e muto di domande, ci trovammo a monte della caduta d'acqua, così che potevamo vedere i Bandeirantes sotto di noi. Ma come riconoscere fra di loro José, visto che non avevano tende e neppure, per i caporioni, riconoscimenti particolari? Decidemmo a sorte che uno di noi maschi, fingendosi smarrito, doveva andare nel campo, così da riconoscere il capo e farci un segnale. La distanza fra le canne dei nostri fucili e quelli da basso era di non più di sessanta o settanta metri in linea d'aria, che così potevamo far fuoco con i moschetti lunghi e tentare l'imboscata, per dileguarci a colpo riuscito nella boscaglia retrostante, prima che i banditi fossero in grado di reagire e di gettarsi all'inseguimento. Chi di noi fosse andato, rischiava grosso, ma di questo eravamo tutti partecipi, che stavamo per tirare le dita e contare, quando Bartolomeo ci fermò e disse: "Rimanete voi che mirate bene e meglio di me. Vado io, che sono malato, e la mente sempre più mi si confonde, che a volte si imbroglia la vista, e credo di avere ancora poco da vivere. Lasciate che compia un ultimo atto giusto, prima che la peste mi faccia diventare marcio del tutto; vado io, fratelli miei. Ricordatemi, se tornerete in Romagna, che se dovessi morire sappiate che mai ho tradito l'ideale e che per quell'idea muoio contento".

«Abbracciandoci, diede a me il suo orologio e al Ronchi l'anello di matrimonio di sua madre, che portava quella fede legata al collo, raccomandandosi che quegli oggetti erano gli unici legami che gli erano rimasti con l'Italia. Dopo un balzo, lo vedemmo sparire fra i cespugli, non senza che l'angoscia ci attanagliasse la gola. Jolanda stringeva gli occhi, a mascella serrata.»

Il Compagnoni si arrestò. Tirò su dal naso, ma poi si contenne. In lui il desiderio di piangere era immenso, ma non poteva concedersi tale lusso proprio ora, davanti alla morte.

XXIV

Erano esausti entrambi. Il frate tirò fuori il rosario e cominciò a pregare sottovoce, mentre Luigi, con un filo di fiato, diede il via a una canzone in dialetto romagnolo. Una specie di filastrocca, che parlava di colline fiorite, buoi, ragazze dalle labbra rosse e invitanti, barche da pesca che si allontanavano all'orizzonte; ma riprese presto a parlare.

«Anche il Cornacchia è andato in gloria, frate. Dopo alcuni minuti, vedemmo Bartolomeo apparire nella radura sottostante, e repentini i Bandeirantes gli furono addosso, che con spintoni gli tolsero la pistola e lo buttarono in terra. Un tipo alto e magro, alzatosi da sedere sembrò capeggiare sugli altri. Questi, scostati in malo modo alcuni gregari, si parò dinnanzi al nostro amico, rivolgendogli chissà quali domande, che noi, per il rumore della cascata, non sentivamo. Il Cornacchia, sollevando il braccio, ci indicò che era quello il capo; ma, fatto il gesto e ancora prima che noi potessimo sparare, aveva estratto il pugnale nascosto in uno degli stivali e, lesto, glielo aveva conficcato nella pancia. José traballò, ma non cadde. I banditi saltarono addosso al Cornacchia e lo uccisero con i machete. Fu allora che facemmo fuoco, mirando ambedue all'uomo colpito dalla coltellata. Io non lo presi, il Ronchi sì, che alla fine stramazzò al suolo. Anche Jolanda sparò, che scaricò le armi sul gruppo che si stava accanendo sul corpo di Bartolomeo, e altri due briganti crollarono. La confusione che si venne a creare fu la nostra salvezza, e la nostra copertura di fuga, perché i banditi non avevano inteso appieno cosa fosse successo, e da dove i colpi giungessero. Mettemmo venti chilometri tra noi e loro, prima di piangere l'amico caduto. Continuando ad andare, non mollammo mai la fiasca dell'aguardente, e con l'alcol ci parve di tributargli l'onore più grande. Quando nel 1846 giunsi qui a Rio, feci scrivere una lettera indirizzata al fratello di Bartolomeo, nella quale spiegavo com'era morto e le ragioni della sua scelta. Spero che tale scritto sia giunto in Italia, poi in Romagna. Se ciò non è stato, compenserò con questo mio testamento.»

L'infermo tacque di nuovo, e fece cenno a fra Martin di aiu- tarlo ad accomodarsi meglio sul giaciglio. Ormai Luigi giaceva su un letto di liquami fetidi e il frate non poteva più ripulirlo; ma ciò che fuori era divenuto culla di letame e sangue, non al- bergava più nel suo corpo, così che al frate piacque pensare il moribondo completamente mondato dalla peste. Anche il suo pizzetto si stava diradando, pelo dopo pelo, e la stella di len- tiggini era completamente scomparsa, mentre gli apici delle di- ta e le unghie stesse apparivano grigi. Reclinò il capo, l'italiano, e si abbandonò al riposo. Al monaco venne alla mente una fra- se di Seneca: "La morte è il non esistere... è quindi ciò che ha preceduto anche la vita... Se morte è dolore, lo stesso doveva essere anche prima della nostra nascita, ma per quanto ne so, in quella dimensione non abbiamo provato sofferenza alcuna".

Anche fra Martin si adagiò sulla poltrona.

Quella stessa notte Don Ferdinando Millet, alla luce di alcune can- dele, aveva fatto riunire l'intera famiglia attorno a un massiccio tavolo di legno di maçaranduba. Al fianco destro la moglie, poi, a scalare, i cinque figli maschi e le tre figlie femmine, di cui sei su otto già colpiti dal morbo, i quali faticavano a rimanere sulle se- die, così da abbandonarsi, alcuni con braccia e teste ciondolanti, altri sul ripiano lucido che stava loro innanzi. Quel mercante, uno dei più facoltosi di Rio, aveva preso, assieme alla consorte, una decisione che ai più parrà dissennata. Fatti svegliare dal mag- giordomo i cocchieri ordinò loro di preparare la carrozzella gran- de e quella piccola, ma in fretta, perché si doveva partire. Nessu- n'altra parola venne poi proferita, essendo i ragazzi intontiti dalla peste o dal sonno, al punto che, mentre i due sposi pregavano di mente, e una delle cameriere si permise di domandare se doves- se servire la colazione, sebbene fossero le tre del mattino, o far confezionare dalla cuoca vettovaglie per il viaggio, dal Millet ven- ne apostrofata in malo modo: che tacesse, che tornasse nelle cucine, perché, qualora ci fossero state disposizioni particolari, sarebbe stato lui medesimo a comunicarle alla servitù. Dopo cir- ca mezz'ora tornarono i vetturali, informando che i veicoli erano pronti e i cavalli attaccati. Don Ferdinando chiamò allora il mag- giordomo e gli altri inservienti, perché, con le cautele del caso, lo aiutassero a portare i fanciulli malati sulle carrozze. Così l'intera casata dei Millet, con indosso gli abiti migliori, lasciò il palazzo del Riachuelo, quasi che dovesse recarsi a teatro. L'insolita uscita non passò inosservata ai tanti pezzenti che giacevano sui mar-

ciapiedi, alle milizie di ronda e a tutti coloro che, per miseria o servizio, si trovavano in strada, perché visione assai strana in quell'ora di tenebra. Giunti che furono a una delle porte sud della Capitale, il mercante diede disposizione ai suoi famigli di recarsi alla Pedra da Gávea, un enorme sasso nero alto 500 metri e immerso nel verde, che delimita con la sua imponenza il confine meridionale di São Conrado. La pietra poteva esser scalata dal lato ovest, perché l'Amministrazione aveva fatto collocare su quella parete una serie di scale e scalette, per facilitare turisti e tutti coloro che, da quel punto, volevano ammirare il panorama. Arrivati sul posto, Don Ferdinando, con l'ausilio dei cocchieri, cominciò a salire e scendere da tale masso, che i più vogliono come un meteorite caduto dal cielo in età preistorica, e l'andirivieni con i bambini prese alcune ore, di modo che il sole, sempre celato dalla cappa di foschia e pulviscolo, era sorto da tempo. Finite le arrampicate, giunta anche Donna Millet sulla cima, il mercante congedò i vetturali ringraziandoli. Poiché quelli indugiavano, alquanto stupiti da tutta la manovra, Don Ferdinando dovette dir loro di non preoccuparsi e che la fedeltà che gli dimostravano diveniva, per lui e per i suoi cari, il regalo più grande che gli potessero fare, e che tornassero a prenderlo a mezzogiorno in punto, e dicessero alla cuoca di preparare il desinare per l'una e mezzo. Partite le carrozze, il Millet e la moglie si abbracciarono, mormorandosi che sempre si erano amati e che avrebbero continuato a esser sempre innamorati l'una dell'altro, abbracciarono a uno a uno i figli che malati giacevano stesi sulla cima della Gávea, e a uno a uno li spinsero giù dalla rupe. I bambini si andarono a sfracellare in una piccola radura fra gli alberi del fondo. Quindi, messisi in ginocchio, gli sposi diedero il via a canti sacri, e cantavano e piangevano, poi cominciarono a carezzarsi e a baciarsi e a congiungersi anche sessualmente. La furia vitale fu tanta e tanto ossessiva su quell'aguzzo crinale che pareva insaziabile, al punto che i colpi di lombo di Don Ferdinando lacerarono la vagina della moglie, che cominciò a sanguinare; ma lei lo voleva dentro, e ancora, più forte, che anche le unghie gli piantava nelle reni; e piangevano entrambi e cantavano salmi al Signore e le bocche si cercavano, così che tutti i liquidi dei due corpi fra loro si mischiarono. E non si era più nella ragione, ma nel regno dell'incubo. Stremati, entrambi si ersero in piedi e, mano nella mano, si gettarono, raggiungendo la prole. I corpi vennero ritrovati solo dopo una settimana, perché le foglie cadute dalle piante che delimitavano il piccolo spiazzo stranamente li avevano ricoperti. La Gazeta de Guanabara e la

Gazeta de Rio riportarono l'accaduto, parlando del suicidio di un'intera famiglia, per i traumi mentali procurati dall'epidemia.

"Sempre più comprendo l'importanza della parola" verbalizzò fra Martin, scuotendo la stanchezza dalla penna "e con la parola, il valore della scrittura. La parola e la scrittura sono divenute con l'italiano la mia celebrazione, la mia Messa. Al termine di ogni vergatura non mi rendo mai conto di quanta intensità io abbia riversato nella liturgia, e quale rito sia andato a compiere, se non poi rileggendo e meditando, per procedere in altri e altri Uffizi, così che la Chiesa non mi manca, così l'Altare, perché chiesa e altare sono in quel punto dove mi trovo a vergare, e quindi o-vunque mi posso avvicinare al mistero della creazione di Dio e della cessazione delle sue creature. E la preghiera, poi, è sempre con me. Questa stanza, la stanza di chi mi chiama quale conforto, questo quaderno della sua narrazione, sono la chiesa dove posso celebrare l'enigma dell'esistere, sotto il segno della ricerca di Dio, consegnando al Mio Signore noi due fratelli, l'umanità e il cosmo. Questa peste, questo uomo, quello che è divenuta ora questa città, preda del Male, quello che l'italiano chiama la Bestia, mi hanno convinto che la ragione non è nemica di Dio. L'interrogarsi sulla morte è come porsi domande sulla libertà, perché il saper morire ci affranca da ogni sudditanza e da ogni schiavitù. E tutto ciò lo sto imparando da questo mio fratello. Benedico il Signore che mi ha donato il sapere delle lettere e dei numeri, perché fossi scelto scrivano. Ho avuto la fortuna di nascere benestante, al contrario del Compagnoni, e già sapevo come usare l'occhio e la penna quando entrai in convento a tredici anni; perciò nella Chiesa ho trovato la possibilità di affinarmi e di procedere nella conoscenza dei grandi uomini e del passato, della grande umana avventura. Perciò, come non essere grato a così splendida istituzione, che ti permette di accedere ai libri, ai manoscritti, alle biblioteche, al sapere finora raggiunto e prima e più ancora al Libro dei Libri? Eppure proprio la Chiesa, nata contro il peccato dell'avere mangiato dall'Albero della Sapienza, si è erta in contraddizione e in orgoglio, contro la conoscenza, la ragione e la libertà, condannando chi non vuol essere servo né cieco. Signor Mio, un anticlericale, ateo e assassino mi guida. È follia? Anzi guida i suoi passi verso la morte attraverso me, da uomo libero che non nega se stesso, quale vuole restare. Non è la cosa più bella? La penna è il primo strumento del Signore, la Sua metafora, il Suo dono, regalato all'uomo quando Egli pur lo scacciò dal Suo Paradiso, perché l'uomo potesse ritornare a Lui. Dio per la nostra superbia ci ha cacciato, ma pur di non abbandonarci, perché prediletti, ci ha fornito le arti e lo scrivere, così da pensarlo e capirlo, nello stesso pensiero e nella umana creazione, condividendo ogni cosa con altri tramite la scrittura. Da puro scrivano, per la sacralità del vergare, sono per Luigi il regalo e la possibilità di riscatto. Benedetto il mio compito. Benedette le strade che percorre la Provvidenza nel consolare gli uomini, almeno alla morte."

XXV

Fra Martin fu interrotto nella riflessione e nella scrittura da uno scalpiccio al piano terra della palazzina. Poi un vero e proprio trambusto di porte e piedi. Fattosi coraggio, scese le scale e vide l'uscio che dava in strada ancor più spalancato del come lo aveva lasciato per far girare l'aria, e, nella stanza dove giaceva il cadavere di Jolanda, due ombre inquietanti, che confabulavano.

«Chi siete?» domandò il monaco.

«Siamo lavoranti della Pubblica Salute, fratello» rispose uno. «Ci ha mandato il cerusico Dottor Zanico, che in questa casa è venuto a visitare un malato, così che pensava che l'uomo fosse morto. E invece abbiamo trovato il corpo di una donna, che lui si è sbagliato a dirci, oppure noi abbiamo capito male.»

«No. Né Zanico né voi siete in torto. Il moribondo ancora vive, e non so spiegarvi come. Invece è deceduta la sua compagna, la quale neppure sembrava presa dalla peste.»

«Succede» disse l'altro monatto «che di casi simili ne abbiamo visti molti in questi ultimi giorni. Persone che già avevano un piede nella fossa, le quali riprendevano colorito; e uomini o donne che a prima vista parevano sani, ma che invece portavano dentro il morbo. E sono i peggiori, per quel che riguarda il contagio, perché non ti avvedi del loro male e quindi t'infettano, e dopo poco ti ritrovi appestato, com'è successo a un mio amico. Per fortuna se l'è cavata, e ora, come noi, fa il servizio per trasportare le salme.»

«Com'è la situazione fuori?» domandò il monaco. «Sono qui rinchiuso, da non so più quanto.»

«Tutta la città è colpita dalla malattia» ritornò a dire il primo. «E l'esercito, partito l'Imperatore, ha formato tutt'attorno alla Capitale un cordone sanitario, anche sul mare, che nessuno possa uscire o entrare in Rio, che se ti trovano, vieni fucilato all'istante. E mille e mille sono i morti ogni giorno, e ancor più gli appestati, che noi non sappiamo più dove interrarli e la laguna posta dietro

Copacabana è divenuta un'enorme discarica di cadaveri. Anche la calce è finita, che ne dovrebbe arrivare una grossa partita da Campos, ma non sappiamo quando, che siamo fermi nel disinfettare.»

«Cosa dite, frate. Possiamo prendere questa femmina?» chiese il secondo monatto.

«Sì, ma con garbo, e depositatela sul carretto senza indecenza e rozzezza, perché è stata donna di estrema virtù. Mi raccomando...» e il religioso fu alquanto persuasivo nel formulare quella frase.

«Non vi preoccupate, avrà un trattamento di riguardo» confermò il primo. «La seppelliremo sulla Serra da Carioca, proprio in faccia alla baia. Sarà comunque con altri, in una fossa comune, che non possiamo fare altrimenti.»

«Va bene, ora andate. Io devo tornare dal morituro. Fatevi rivedere da qui a due giorni, perché forse sarò anch'io per la vanga... Ma, ditemi, in che dì siamo del mese?»

«È il 5 di giugno, fratello, che se dura così, senza pioggia o senza un miracolo, Rio sparirà dalle carte geografiche. Perciò pregate, padre, che ne abbiamo tutti bisogno.»

Gli addetti alla Pubblica Salute, sollevata con delicatezza Jolanda, avvolta nel lenzuolo, uscirono mormorando: «Sia lodato Gesù Cristo».

«Sempre sia lodato, e voi siate ringraziati» rispose il frate.

Fra Martin raggiunse il Compagnoni, che si ridestava in quell'istante, e si rimise al banchetto.

«Che dolore in questa fine estate» ricominciò il Compagnoni. «Dovrei ricorrere al tuo dio, frate, se negassi l'imprevedibilità della natura che ci sovrasta e ci domina, e ciò non mi appartiene. Perché proprio qui, nel Nuovo Mondo, la peste? Perché tale clima, che non ha mai avuto un precedente? Che la terra, nel vero, si stia ribellando e c'imponga il suo volere? Perché gli appestati ritengono di potersi concedere ogni possibile nefandezza, e distruggersi fra loro? Proprio qui, dove il pianeta è più giovane per civiltà e pare più vecchio per costumi. Qui, in Rio, dai tanti commerci e dalle decine e decine di viaggiatori che vengono a cercare fortuna, terre, potere e danaro, facile erotismo nei postriboli, avventure esotiche e stravaganti, da raccontare nei loro club in Europa. Che la leggenda di Sodoma e Gomorra e il libro dell'Apocalisse prendano sostanza come chiavi della nostra cultura e del nostro tempo? Lo sosteneva un mio compagno di cella a Civita Castellana, uno spretato che aveva buttato le vesti alle ortiche, accusando la Chiesa di immoralità e di connivenza con il Demonio, la massoneria, il potere politico, i potenti ed era stato incarcerato a vita. E mi recitava a memoria i passi della Bibbia che sembrano dargli ragione. Che, invero, monaco, tutta la storia dell'umanità sia stata già scritta in quei libri, e il fare degli uomini si ripeta e si ripeta all'infinito, in situazioni diverse? Ormai non ho più il tempo per poterlo appurare, e ti lascio il mio dubbio e la risposta possibile. Ma ritorniamo alla storia. Jolanda, il Ronchi e io, ucciso José di Santa Cruz, che la voce si sparse per tutta la regione, lasciammo il Mato Grosso senza rimpianti, se non quello di averci perso un fratello, e, bordeggiando la sterminata foresta che dà inizio all'Amazzonia, dove gli affluenti del rio che battezza quell'illimitato territorio la fanno da signori indiscussi, giungemmo a Porangatu, oggi nella Provincia di Goiás. Avevamo percorso centinaia di miglia quasi a passo d'uomo, e mirabile è da considerarsi la nostra tenuta alle tante avversità e alle tante privazioni. A circa trenta chilometri da Porangatu, si apre a cielo aperto un cratere profondissimo, che solo un miglio più in basso ne scorgi il limite. In esso lavoravano, alla stregua di bestie da soma, centinaia di minatori di tutte le razze i quali, lordi di fango e dai polmoni intasati dalla creta, li vedemmo scavare senza sosta, in cerca di oro e di magneti. Quando vi capitammo sul bordo, la visione contrastava netta con la sublime maestosità della zona, che è un enorme giardino naturale. Formiche umane scendevano e salivano scale fatiscenti, con enormi cesti sulle spalle. I guardiani armati sbraitavano urla ed insulti in cento lingue diverse, che sembrava di essere giunti ai confini delle terre conosciute, e il rumore dei vagli e delle pompe a getto moderne che vanno con la forza del vapore erano opere pur inimmaginabili.»

Il monaco intervenne: «Anch'io ho sentito parlare di quel posto dove tutti i dannati del mondo si sono dati convegno. Mi diceva fra Alfonso che pare l'Inferno cantato da Dante, un poeta, anch'egli italiano».

«Un tipo nerboruto» continuò Luigi «che impartiva comandi a destra e a manca, ci spiegò che il cantiere, così lo chiamava, apparteneva a un certo Dottor Holberg, di origini danesi. Il mastino ci disse che dimorava in città, a Porangatu, ormai tutta di sua proprietà, come i tremila chilometri quadrati che la circondavano. E il padrone si recava in quel luogo solo una volta la settimana, per pesare i minerali estratti e portarseli via. Alla domanda su quanto fosse la paga di ogni operaio, il carceriere, perché di un vero e proprio carceriere si trattava, rispose che a quei disgraziati, che lavoravano anche diciotto ore al giorno, si davano 9.000 reis ogni tre mesi, ma solo a chi era affrancato, perché chi era schiavo dell'Holberg, non buscava un bel niente. Dunque 3.000 reis a mese... un bel ladrocinio! Sistematici un poco discosti, restammo per tutto il giorno a guardare quell'ombelico pantanoso. Attorno al perimetro, si muoveva incessantemente a cavallo un grosso nano, con gobba avanti e dietro, spalle larghe, mani più grandi delle mie, e anche la testa era di dimensioni spropositate, che venne a fermarsi di fronte a noi, durante il suo giro, per chiederci sospettoso chi fossimo e che cosa facessimo. Il suono gli usciva dalla gola metallico, come avesse lamelle di ferro incastrate nel collo, e vibrava nel timbro. Il Ronchi gli replicò che eravamo viaggiatori italiani in cerca di lavoro, e che mai in vita nostra avevamo visto un "cantiere" così poderoso; quindi chiese allo sgorbio chi fosse, e lui disse: "Sono Calvino, il sovrintendente dell'intero cantiere, nonché uomo di fiducia del Dottor Holberg. Se volete lavorare, considerato che siete armati, posso trovarvi un'occupazione da guardiani a 20.000 reis al mese, più vitto e alloggio, mentre la donna che vi accompagna potrebbe farmi da cuoca, che ci metteremmo d'accordo sul compenso".

«Il Ronchi lo ringraziò a nome di tutti, gli assicurò che avremmo pensato attentamente a quella proposta, e che entro un qualche giorno, riposatici un poco, gli avremmo dato risposta. Il nano, voltato il cavallo, riprese il suo trotto. Le pompe a vapore, direzionate su questa o quella parete, sbriciolavano il terriccio, che poi scivolava sul fondo del cratere, di modo che, a lungo andare, il cratere veniva sempre più ad allargarsi, aumentando ogni giorno di circa venti metri di perimetro, che in tale maniera, calcolò il Ronchi, alla fine dell'anno la miniera si sarebbe presa sui 7.300 metri, rubandoli alla foresta. Cioè, quel gigantesco animale, entro due lustri, si sarebbe mangiato oltre 70 chilometri di bosco. E la popolazione lavorativa sarebbe cresciuta del mille per cento, che se in quel momento ci faticavano dentro 2.000 operai, sarebbero diventati 20.000, schiavizzati o pagati miseramente per gl'interessi di un uomo. Quando la mota giungeva sul fondo, spinta dai getti d'acqua, gli uomini iniziavano a buttarla in canestri peciati, perché da essi non fuoriuscisse; quindi, caricatisi in spalla una quarantina di chili, risalivano l'imbuto, passo dopo passo, portando la terraglia ai vagli, e per decine di volte ogni giorno. Quando davano l'impressione di cedere per la stanchezza, o venivano a mollare il carico, lestamente intervenivano i guardiani

aguzzini, a sollecitare con dei frustini le schiene di quei poveracci: non le gambe o le braccia, perché troppo preziose. E si dava
il frustino sia sugli schiavi che sui salariati, i quali, come venimmo
a sapere, una volta firmato un contratto truffaldino, erano pres-
soché impegnati a vita coll'Holberg. E, se tentavano di tagliare la
corda, il danese poteva farli inseguire e sbatterli in galera, asse-
gnarli ai lavori più infami, o farli schiavi. E Calvino fungeva da occhio vigile del negriero, che lo vedemmo in molte occasioni ordinare a questo o quello scagnozzo di punire un operaio, o colpire
egli medesimo il disgraziato che gli capitava a tiro, sfogando in
tal modo tutta la sua cattiveria. Verso l'imbrunire, guardatici negli occhi, sparai a bruciapelo: "Che ne direste di fare fuori Calvino? Il mondo ce ne sarebbe grato".

«Il Ronchi si mostrò d'accordo, mentre Jolanda buttò: "Se ac-
coppiamo il nano, avremo tutta Porangatu alle calcagna. E per
che cosa? Per la vita di un servo? Meglio puntare in alto, meglio
tagliare la gola all'Holberg stesso".

«Giuseppe e il sottoscritto rimanemmo esterrefatti per la decisione mostrata dalla mia creola, che si volse verso di noi e sorrise. Aveva candidamente ragione. Anche il padrone Holberg doveva pagare. Dando fondo alle nostre ultime risorse, prendemmo alloggio a Porangatu, presso la Locanda del Mercato. I documenti identitari comprati a Porto Alegre ci tornarono di nuovo
utili, che passammo per faccenderi in commercio. Da piccolissi-
mo centro, la cittadina si era sviluppata, e poteva contare, oltre
ai minatori accampati in baracche recintate poste attorno al cratere, più di tremila abitanti, quasi tutti alle dipendenze dell'Holberg, soldati imperiali compresi, che ce ne stava un presidio di
dieci con un Caporale al comando. Vi sorgevano due locande, u-
na cantina, due spacci alimentari e una sala da gioco, per un bacino di 35.000 chilometri quadrati, e una maestosa chiesa barocca
di rito luterano, fatta costruire dal danese medesimo. Da presso
stava un lungo edificio in muratura, pure con una croce sopra, il
tempio dei calvinisti, che il territorio attorno ne contava un quattrocento, nano compreso, e le due comunità andavano d'accordo,
ardentemente riunite contro i preti di Roma e i suoi missionari.»

Il Compagnoni si fermò e chiamò vicino a sé il monaco.

«Per favore, sollevami da questi lenzuoli putridi, toglili dal letto e butta di sotto il materasso di foglie su cui giaccio, e quindi
adagiami sul tavolaccio, che non sopporto più questa lordura.»

Fra Martin eseguì volentieri: rendeva più decenti le condizioni fisiche della morte dell'italiano e più vivibile l'aria.

Luigi lo chiamò ancora a sé.

«Ora, frate, spogliami anche della camicia che porto indosso, e mettimi sul corpo nudo quel poncho a righe che troverai entro l'armadio. È un regalo che mi fecero i Farrapos, che non l'ho mai indossato, conservandolo come fosse una reliquia. Fammi anche seppellire con quello.»

Il religioso, trovato l'indumento, andò a svestire il morituro, ma conati di vomito lo bloccarono, dal tanfo che il corpo corrotto del Compagnoni emanava, e dovette inginocchiarsi davanti a Luigi tenendosi il ventre.

«Non sono che un fagotto di letame, non è vero, frate?» disse l'infermo. «Se tu fossi il Cornacchia, il Ronchi, il Bettini, o chi altro fra i compagni di allora, ti avrei già chiesto di spararmi alla nuca, come io l'avrei fatto per loro. Ma sei un religioso, e ciò ti è vietato, lo riconosco. Anche se questa, come puoi constatare, è la massima ingiustizia che l'uomo può scontare, che a tale ingiustizia, naturale o divina che sia, per chi crede in Dio, si deve rispondere con la freddezza della ragione, abbandonando il sentimento, così da far giungere in fretta la morte, quale liberazione.»

Il monaco a quelle parole si puntellò e si rizzò in piedi, andando a finire l'opera che aveva cominciato. Depose Luigi ricoperto dal poncho sul tavolaccio e, sedutosi al suo fianco, disse a gola serrata: «Ce l'abbiamo fatta, avete visto? Perdonatemi, se ho ceduto, ma la repulsione innanzi a uno spettacolo così tremendo è difficile da tenere domata, se non dopo lunghi anni di educazione umana, trascorsi al capezzale degli ammalati. Quindi coraggio, che anche questa l'abbiamo passata».

Il malato sorrise, cercando la mano del religioso, poi mormorò: «No, frate, sei davvero un coriaceo guerriero che la tua fede sposta le montagne, e la coerenza non ti difetta. Solo due guerrieri come noi potevano trovarsi, non credi?».

«Sì» disse fra Martin «due guerrieri testardi e coerenti, che solo Dio poteva fare incontrare.»

«Che solo la natura, e il caso che ci governa, poteva fare avvicinare» corresse l'infermo.

Il monaco sorrise, e levatosi in piedi gettò dalla finestra materasso, vesti e lenzuola. E anche le urine e le feci contenute nel secchio riversò sulla strada, dicendo: «Si disperdano nell'immane immondezzaio che è diventata Rio... Ora posso dirmi anche frate dei rifiuti umani e dei rifiuti dell'umanità; ma se il mondo scorderà che cos'è la passione, si trasformerà in un gigantesco letamaio privo di carità».

La botticella dell'acqua aveva ormai solo il fondo coperto. Fece bere il Compagnoni, poi si umettò le labbra, con le gocce rimaste, e risedutosi al tavolinetto gli intimò: «Avanti! Io ho fatto ciò che mi avete chiesto, ora sta a voi darmi la vostra narrazione, che ormai mi sta scorrendo nel sangue quale vizio e, considerato che ad altre perdizioni non mi sono mai concesso, almeno alimentatemi questa, la quale reputo non sia in conto di peccato».

XXVI

«Ti accontenterò, frate, perché non ho altro con cui ricompensarti, se non racconti. L'Holberg stava rintanato come un sorcio in una specie di casa-fortino, presidiata dalla sua milizia personale. L'arrivare a lui sembrava davvero impossibile. Studiando e ristudiando, giungemmo alla conclusione che solo Jolanda poteva avvicinare il danese, riprendendo le sembianze del suo vecchio mestiere, cioè quello della puttana. La mia compagna accettò; anzi lei stessa propose, che il desiderio di fare del bene a chi è oppresso superava in lei ogni paura, e anche lo schifo di ricalarsi in panni che la nauseavano. Jolanda era diventata una rivoluzionaria al pari nostro, anche se priva di ogni riferimento e di ogni considerazione politica, e non certo per intero al corrente di ciò che i nostri maestri europei sostenevano. Ella professava una ribellione spontanea all'ingiustizia, suggerita dalle miserie che aveva dovuto affrontare in vita, con un senso della morale e della giustizia che forse solo le donne, quando abbracciano un'idea rivendicatrice, possono dentro di sé gestire, nobilitare ed elevare. Così, acquistati abiti, monili e belletti per il travestimento di entrambi, il Ronchi si improvvisò ruffiano, perché ruffiano era a convincere, e a questo lo avevano educato gli studi e gli ecclesiastici. Chiesto un colloquio con l'Holberg quale acquirente di alcuni lingotti d'oro e perché in compagnia di una simpatica creola, dalla voce come un usignolo, che avrebbe potuto allietare le serate di quel magnifico signore, fu da costui ricevuto. Egli decise così di organizzare una cena per gli amici dei dintorni, così da unire l'utile al dilettevole, che durante il banchetto avrebbe proposto Jolanda quale attrazione. Il tutto si svolse da lì a una settimana, che la mia creola dovette però andare in precedenza dall'Holberg, incuriosito e bramoso di poter ammirare una femmina raffinata e di talento, merce rara per quei luoghi da macelleria a poco prezzo. In quell'occasione l'Holberg era in compagnia di tre suoi fidi, con i quali, ricevuta la mia donna, con il Ronchi fuori dalla porta come si addice a un buon ruffiano, si limitò a ridere per le proprie battute di cattivo gusto e fare apprezzamenti pesanti ai quali la creola seppe dare la corda, con vera grazia e maestria, crescendo il suo desiderio. Giunta la sera della cena, Jolanda e il Ronchi si portarono al fortino, e io mi accinsi ad aspettare la loro uscita, una volta raggiunto lo scopo. Ciò che ora ti narro, frate, è quello che loro mi raccontarono. Il Ronchi, disarmato dalle guardie del danese, accompagnò Jolanda nella sala del festino e a tavola si sistemò con gli altri invitati, mentre la mia creola, in compagnia di una serva, dovette attendere il suo momento nascosta dietro a una tenda. Dopo un'ora dall'inizio delle portate, l'Holberg chiamò la creola che, bellissima ed elegante, strappò l'applauso di tutti. Mangiarono ancora, e mentre la mia donna dava voce a melodie amorose, capaci di eccitare, strusciando questo e quello con la crudele sensualità di chi mostra e non dà, il Ronchi si avvicinò al padrone di casa e gli mormorò all'orecchio che, se avesse gradito, egli avrebbe volentieri acconsentito a farlo intrattenere privatamente con la sua femmina, sempre se ricompensato a dovere. L'Holberg, con i vapori alla testa, gli disse che, una volta licenziati i commensali, si sarebbe volentieri appartato con Jolanda, come la sua voglia comandava. Verso le undici di sera gli invitati furono accompagnati all'uscita e indirizzati alle locande, mentre la mia donna si buttò fra le braccia del danese, e il Ronchi, da perfetto mezzano, si prestò ad attendere nel corridoio, assieme a un servitore con machete, intanto che i due si fossero dati alla più sfrenata baldoria, con estrema comodità e con il tempo necessario, O così almeno credevano. Jolanda, rimasta sola con l'uomo, che mi descrisse con la pelle rosa e glabro, lesta afferrò un coltello e, mentre lui le cacciava le mani nel seno e sotto le sottane, che era andato in fregola, gli aprì la gola da parte a parte, che tutto l'odio che ella aveva accumulato in sette anni da puttana si proiettò in quella rasoiata. Per rendere più credibile l'inganno, Jolanda trascinò con fatica il corpo del faccendero sotto il tavolo, e coprì la macchia di sangue con un tappeto, che se qualcuno fosse entrato, l'avrebbe di certo scambiata per del vino versato, e quindi attese e attese, che il tutto doveva parer veritiero, poi si recò alla porta e l'aprì e, aggiustandosi le bardature davanti al servitore assonnato, disse a questi che il padrone non voleva essere disturbato. E, rivolgendosi al Ronchi, che loro potevano andare, perché lei era stata pagata nel giusto. Il servo li accompagnò nel cortile, dove un'altra guardia, consegnate le pistole a Giuseppe, fece aprire il portone augurando la buona notte. Infine i miei amici, ritrovatisi in strada, con le ali ai piedi raggiunsero il luogo stabilito, e di lì scappammo a cavallo di gran carriera, che poi fu messa una taglia sulla nostra testa di 900.000 reis per l'esattezza, e mai nessuno riuscì ad incassarla, perché nel giro di due settimane già eravamo giunti nei pressi di Goiânia. E dopo un mese entravamo in Ouro Preto, dove ci confondemmo con i cercatori di pietre preziose e i tanti avventurieri.»

Preso da nuovo tremolio, il Compagnoni si dovette fermare. Si stringeva il poncho addosso e un filo di bile gli usciva dagli angoli della bocca. E poi le convulsioni, che il frate non sapeva come fare. Il cuore dell'infermo era a tal punto accelerato, che al frate impaurito la sola cosa che venne in mente fu di stendersi a fianco dell'ammalato e abbracciarlo, forse per rassicurare se stesso più che l'altro.

In sé pensò fra Martin: "Sento freddo... Di nuovo la paura mi ha raffreddato le membra. È un gelo primordiale, che mi sta crescendo dentro, come quando noi uomini si stava nelle caverne, in mezzo alla notte del mondo, e Dio ci aveva tolto il fuoco e tentavamo di ricrearlo. Con il Compagnoni sto attraversando l'intera esistenza dell'umanità. Il nostro è un viaggio che parte da lontano ed entra nel profondo. Sento freddo... e neppure con la preghiera riesco a reagire. Sono stanco... stanco come Luigi, di soffrire. Confido nell'amor tuo, Signore, che ci riscaldi, ci perdoni e ci riscatti. Il grigio e il viola non sono i colori della fine, ma della perseveranza".

Stretto al moribondo, il monaco lottava con la morte, e la sua tenace presa. Fu la cocorita a sciogliere quella tremenda situazione di stallo. Dall'armadio giunse in volo sulla testa del Compagnoni, e cantò, come mai aveva cantato. La morte indietreggiò, perché era pur sempre una signora, sensibile agli spiriti ostinati, alla bellezza, agli atti intrepidi.

"Nell'abbraccio, io e l'infermo ci siamo addormentati" ricominciò a scrivere il frate. "Oggi è il 6 di giugno 1849, Anno della Peste, ma anche Anno del Signore. Devo sopravvivere al Compagnoni, così che un uomo sopravviva a un altro uomo, e a un altro, e così all'infinito nella sopravvivenza, attraversando buio e bagliori. Se in tal modo non fosse stato, non avremmo conosciuto Socrate, Gesù, i santi e gli eroi, i nostri antenati. L'uomo vive e sopravvive anche per raccontarsi e per farsi raccontare. È così che perdura la vita, e può essere tramandata. Per seme di sesso, ma anche per seme di inchiostro e di carta. Non è forse questo che il Figlio di Dio, il Nostro Redentore, ha predicato e messo in pratica? Egli disse: 'Liberatevi da ogni peso terreno, all'infuori della parola, perché il verbo sarà il vostro unico bagaglio e l'unico vostro avere'. Ora, in Rio, più nessuno favella, se non di morte, mentre prima si era parlato solo di svago, di ricchezza, di potere, di personale affermazione, di denaro... ma noi si ha voce anche per altro, perché sulle idee, sul sapere, sulle scoperte dell'uomo ci si deve confrontare... e sulla poesia, e sulla musica, su di un libro letto, su una vita. E se ne ascolti una degna, come puoi non narrarla, perché non muoia per sempre e non morendo, arricchisca la nostra miseria, confonda il nostro orgoglio, conforti le nostre paure? Mai ho visto il Cardinale Arcivescovo della Capitale portarsi al capezzale di un infettato; ma l'ho scorto spesso in Processione bardato di Paramenti Sacri, d'oro e di rubino, e si teneva a distanza dal popolo, perché la folla non gli sciupasse l'abito e l'alterigia. L'ho visto, il Cardinale di Rio, benedire i faccenderi e i venditori di schiavi, nonostante i divieti. L'ho visto ricevere i soldi ottenuti dai proventi delle piantagioni che possiede, che i neri gli coltivano. Che la peste anche per lui valga quale sprone e strumento per fare del bene, e anche lui sia cambiato. Ben venga la pestilenza, se occasione di coscienza e di rinnovamento. Guardo ora l'italiano che giace nella sofferenza. Vorrei confidargli questa mia rabbia, ringraziarlo per avermi contagiato. Egli è in morte, ma ancora sorride, come stesse per nascere a chissà quale ardente vita. Egli mi sorride, e vorrei che il Cardinale di Rio, Monsignor Agostino Duarte, assistesse a tale prodigio, proprio lui, che si è sempre privato di questi sobri spettacoli, e che, con reverente tremore, gridasse al miracolo; proprio lui, che con i miracoli è venuto a contatto solo tramite ciò che altri hanno scritto o hanno provato. E così io grido al miracolo, e continuerò a gridarlo, anche se la Chiesa non mi volesse più nel suo seno."

XXVII

«Stai vergando, monaco» bisbigliò il Compagnoni. «Lo sento dallo scricchiolio del pennino sulla carta. Ma cosa vai a scrivere, che io non sto dettando? Non ho ancora finito... Sei pronto?

«Stupenda città Ouro Preto, e significativo il nome che le hanno dato, ma là ci trovammo sprovvisti di soldi. Nella piazza acciottolata, in cui venne esposta la testa del patriota ribelle Joaquim detto il Cavadenti, riflettemmo sul da farsi. Bisognava a tutti i costi procurarci di che vivere, così che decidemmo per una rapina ai danni di qualche signore del luogo. Prendemmo alloggio presso la casa di un certo Lisboa, detto il Piccolo Storpio, un artista dai bellissimi intagli e, come altri artisti che ho conosciuto in vita, fu comprensivo riguardo al danaro, che con lui ci accordammo: avremmo pagato la pigione da lì a una settimana, non appena trovato lavoro. Usciti dal centro, andammo a procurarci un poco di selvaggina per pranzo e poi iniziammo a studiare un buon piano. Dopo un paio di giorni, puntammo su di un commerciante di pietre preziose, un certo Corradino Dila, che aveva una grande villa fra il bosco, a non più di un chilometro da Ouro Preto. Non era difeso da guardie, ma solo da servitori, molti dei quali già anziani, perché in quel territorio di ricchi giacimenti il Governo aveva disposto numerose guarnigioni di soldati che, con successo, tenevano a bada i briganti. La notte seguente facemmo il colpo, introducendoci il Ronchi ed io all'interno del palazzotto, dopo avere avvelenato i cani feroci che giravano liberi nel parco. Voglio precisare che non fu facile disporre i nostri animi a un tale reato, che molto discutemmo, tirando in ballo la morale rivoluzionaria e i codici di vita e di lotta ai quali ci eravamo sempre attenuti, a parte i preziosi rubati ai preti in Bahia, ad una Chiesa opulenta e senza scrupoli. Parlammo per ore e ore prima del colpo, che non eravamo banditi, ma ribelli, e non avevamo mai approfittato economicamente delle situazioni, allorquando ci si erano presentate, e anzi avevamo lasciato spesso denari ai poveracci. Ancora una volta fu Jolanda a suggerirci

per il meglio, che noi si girava attorno al problema senza con-
cludere. La creola, infatti, con la semplicità che la contraddistin-
gueva propose, qualora si prendesse decisione di dare il via alla
rapina, di impiegare il ricavato per favorire i miserevoli e onorare
l'ideale che muove i nostri atti. Orbene, preso il Dila ben camuf-
fati e chiusi in uno sgabuzzino i camerieri, ci facemmo aprire dal
commerciante un armadione di ferro, rinforzato con spranghe di
bronzo, dove lui custodiva parte della sua fortuna. Non fu difficile convincerlo a darci ogni cosa, che sotto al tiro delle nostre pistole si tenevano la moglie e la figlioletta. Evitammo anche di vo-
ciare fra noi, usando verbi e cadenze lontane dal nostro accento
italiano, per non favorire le successive indagini. Il colpo fruttò bene. Nelle bisacce ci ritrovammo turchesi, ametiste, tre pepite d'o-
ro grosse come una noce e 280.000 reis, nonché 40 sterline, che
l'impresa venne riportata sulla Gazeta de Ouro Preto come azione spregiudicata, condotta da veri professionisti del crimine. A
quel punto bisognava smerciare il bottino, ma non certo ai ricet-
tatori della città, perché da questi si fiondarono lesti i gendarmi.
Pagammo comunque il Lisboa, dicendogli che avevamo trovato
un impiego da guide e da guardie di scorta, e si concluse che io
andassi a Rio, seguendo la strada di Juiz de Fora, con parte dei
minerali ben cuciti nella sella, mentre le pietre restanti, le seppellimmo. E reputo che il bottino ammontasse a una cifra elevata,
perché finora ho campato di quello, e ne rimane ancora parecchio. Partii una mattina presto, armato di tutto punto, che di predoni le vie di comunicazione andavano piene. Dovevo percorrere
trecento chilometri sulla Minas Gerais, sfruttando sempre i soliti
documenti, che non sapevo se i nostri nomi, e non solo le nostre
fisionomie, fossero stati segnalati alle Autorità, perché da oltre
quattro anni ricercati come sovversivi, e banditi pericolosissimi in
cinque Stati dell'Impero. Passato il primo posto di blocco, che si
trovava poco fuori Ouro Preto, incontrai il secondo a Con-
selheiro, affidato ai miliziani regionali, i quali, dietro mancia e un
pane di tabacco, neanche mi chiesero le credenziali, oltretutto vedendomi con panni da faccendero, e non in tenuta da pezzente.
Invece nei pressi di Lesína m'imbattei nei briganti. Erano tre, scal-
cagnati, che ne sentii l'arrivo a distanza, dalla caciara che facevano, così da potermi preparare a riceverli con cura. Sceso da cavallo, e legatolo a un albero, mi piazzai dietro a un tronco piegato, con il fucile armato e due pistole a portata di mano. Quelli,
non appena adocchiata la cavalcatura, pensarono di beccarmi
accampato, ma io ero nascosto da trovarmi alle loro spalle, che,

data loro la voce che si arrendessero, non fecero a tempo ad estrarre le armi, che già ne avevo freddato due, mentre al terzo colpii il cavallo, e quello stramazzò a terra intrappolando nel peso una gamba del malfattore, al quale veloce fui addosso col machete, tagliandogli la gola. Nascosi i tre cadaveri nel fondo di una fratta e ricoprii le macchie di sangue con polvere e sassi, e me la filai. In quindici giorni fui a Rio, senza altri incidenti, e qui cominciai a cercare guardingo un acquirente. Dopo una settimana trovai un mercante inglese disposto a comprare il bottino in contanti, che dalle parti dell'Hotel Gran Marquise si aggiravano, e ancora si aggirano, ricchi europei senza scrupoli, in caccia di affari vantaggiosi e il più delle volte illegali, che il Governo ha sempre chiuso un occhio, per mantenere aperti i contatti con loro e con gli stati dei quali ostentano i passaporti. E, inoltre, il Governo brasiliano ha sempre avuto interesse che le merci viaggino di mano in mano, perché a ogni passaggio illecitamente riscuote, tramite propri emissari in borghese, appartenenti alla Polizia Segreta, una cagnotta, un pizzo... così che il legale spesso entra nel fuorilegge, e viceversa. Con l'inglese ci demmo appuntamento al Saúde, nei pressi dell'imbarcadero grande, che io tenevo le pistole nascoste sotto il pastrano e lui, di certo, aveva le sue di già armate. Il mercante si disse solo, ma non gli credetti, che infidi sono gli inglesi. E infatti, dalla parte opposta della strada dov'era il caffè nel quale stavamo seduti, notai che ciondolavano due tipi sospetti, che ogni tanto guardavano dalla nostra parte, poliziotti oppure sgherri del mio acquirente. L'inglese tirò fuori tre sacchettini di pelle, con 150 sterline d'oro in ognuno, come si era pattuito, che andai a contare in un salottino privato, mentre lui, seguitomi, con una lente controllava la merce. Raggiunta l'intesa, che l'inglese voleva togliere 100 sterline, ma io non mollai, ci lasciammo a stretta di mano, che neppure i nomi ci eravamo detti. Imboccai la prima viuzza di fianco al locale, e mi nascosi nell'antro di un portone, aspettando. Ecco arrivare quei due, con passo veloce, uno da un lato, e il secondo dall'altro del vicolo. All'incrocio più avanti, avendomi perso e avendo inteso l'inganno, cominciarono a guardare dentro agli androni a destra e a mancina, sempre guardinghi, e con una delle mani infilata nella tasca, dove di certo, brandivano un'arma. Appena giunsero là dove mi ero nascosto, entrarono al pari di lupi, io, visti i coltelli brillare nei pugni, feci fuoco, contemporaneamente, su entrambi, ferendoli. Uno cadde al suolo, mentre l'altro mi balzò addosso, ma le forze gli venivano meno, che lo eliminai col suo stesso pugnale, e alla

guisa sgozzai quello a terra accasciato. Erano scagnozzi manda-
ti dal britannico, perché uno di loro portava sulla giacca i simboli
della Marina Mercantile di Sua Maestà di Londra. Intanto la gente
del posto, udita la sparatoria, si era fatta avanti, che io, sebbene
a pistole scariche, le puntai minaccioso sul gruppo e urlai di non
intromettersi, che eran conti privati, e se qualcuno voleva del
piombo, ero pronto a darglielo. Gettatomi in corsa, vidi con la
coda dell'occhio che stavano giungendo i gendarmi; ma, una volta nei vicoli a dedalo, fui una volpe salva e, lavatomi il sangue a
una fontana, raggiunsi l'albergo. Il giorno dopo, pagato il locan-
diere, mi portai dalle parti del Rio Iguaçu, dove avevo saputo di
carovane di coloni e cercatori, dirette verso l'interno. Trovatane
una che passava da Ouro Preto, a quella mi unii e in tal modo il
ritorno fu facile. Riabbracciai Jolanda e il Ronchi con vero sollie-
vo, e ci mettemmo a cercare una casa in affitto, che della preca-
rietà si è sempre stati lo stendardo. I mesi che seguirono li spen-
demmo aiutando i miserevoli del luogo. Aprimmo una piccola
falegnameria, che il Ronchi, da ex contabile del Papa, portava
avanti con superlativa efficienza, mentre il sottoscritto si dedica-
va ai lavori di braccio e a insegnare il mestiere a dieci indios inci-
viliti e a dei neri, messi tutti a libro paga. Stemmo a Ouro Preto
fino al 1845, stimati dai Gesuiti del posto e dai poveri e oppressi.
Riuscimmo, anche, a cambiare i documenti, che ce ne procu-
rammo altri falsi, senza distruggere i precedenti, che potevano
sempre tornare utili, e anche per nostalgia dei nostri veri nomi
italiani. Io divenni Nicola Esposito di Sorrento, giunto in Brasile a
spese proprie e privo di pendenze penali; il Ronchi venne scritto
quale Filippo Notari, di Napoli, già suddito borbonico, venuto in
America a cercare fortuna a sue spese, quindi senza problemi
con la legge in Patria; e Jolanda diventò Felícita Hocro, sposata
in Esposito, già cittadina di Porto Alegre, così che con lei fui ma-
ritato davvero, almeno nel falso. Per darci copertura, la domenica
andavamo a messa, fra tanti altri bugiardi. Entro breve allargam-
mo la falegnameria, perché le miniere ci richiedevano materiali
adatti, e il legno non mancava di certo; e inoltre, con l'aiuto dei
Gesuiti, vincemmo alcuni appalti statali, che andammo a parlare
con i funzionari di Pedro, come veri e propri uomini d'affari. Io a-
prii anche un laboratorio dove costruivamo mobili rustici, i quali,
per la preziosità degli alberi da noi usati, andavano a ruba e non
c'era casa di signori, in Ouro Preto, che non avesse un nostro tavolo, un nostro letto o una nostra credenza. Ben presto divennero
150 i lavoranti da noi salariati, che il Lisboa, ormai caro amico, ci

mandava sempre gente per qualificarla e specializzarla, quasi tutti dei senza terra o emarginati, volonterosi però di travagliare. Comprandoli, liberammo anche una quarantina di schiavi, che a stipendio furono spediti da noi sulle vicine montagne ad abbattere piante. E altri cinquanta ne affrancammo, tutti neri, che adibimmo al trasporto legname. Oltre 250 famiglie campavano della nostra impresa, che portammo benessere, voglia di industriarsi e debellammo, almeno in parte, l'alcolismo dilagante fra i miserandi. Con i soldi che guadagnavamo, via via si andavano a costruire casette in muratura per gli operai, e donammo anche denaro all'Amministrazione, perché aprisse un lazzaretto, quale padiglione ospedaliero per i poveri e per gli anziani. Istituimmo una Cassa di Mutuo Soccorso, come previdenza in caso di malattie o incidenti, e inaugurammo una specie di locale per le riunioni, entro il quale, insieme, si poteva anche mangiare o ballare. In tale edificio divenne consuetudine festeggiare il Natale, il Capodanno e l'Epifania; oppure si giocava a tombola o alla ruota della fortuna, mentre, durante il giorno, i bambini seguivano lezioni di lingua e matematica, che tre maestre furono anch'esse messe a libro paga, così come quattro giovani inservienti, che somministravano i pasti e intrattenevano i fanciulli non ancora in età da scuola. Tutto questo non passò inosservato, che presto le invidie di uomini malvagi cominciarono a operare contro di noi, che le Autorità iniziarono ben presto a ficcare il naso, e i molti faccenderi della zona, direttamente o indirettamente, ci consigliarono di cambiare modo di comportarci nei confronti dei nostri dipendenti, perché l'indirizzo da noi tenuto veniva a creare subbuglio tra i loro schiavi e sottoposti, i quali, senza alcun diritto, avevano incominciato ad alzare la testa e a chiedere benefici come noi si dava alla nostra manovalanza, e anche un salario più adeguato e un rispetto da uomini.

«Ma ciò cozzava, secondo i faccenderi, contro il principio di proprietà e di capitale e noi, causa la nostra permissività, finivamo per istigare alla ribellione o a insani atteggiamenti sociali, perturbando il normale, anzi, il naturale andamento delle cose. E, destino fra i destini, il primo faccendero a osteggiarci fu proprio quel Corradino Dila, che avevamo rapinato. Raccoltici, Jolanda, Giuseppe e io concordammo che a tutti i costi dovevamo salvare ciò che avevamo costruito. Nostro malgrado, fidandoci esclusivamente dei missionari Gesuiti e questo, frate, è il massimo dei paradossi che nella vita ho affrontato, parlammo con il Priore della Congregazione. Adducendo il motivo del volerci stabilire a Rio, gli dicemmo che si era pensato di affidare all'Ordine religioso la conduzione della nostra azienda, che di denaro ne avevamo fatto abbastanza, e che ciò sarebbe avvenuto gratuitamente, a patto che essi s'impegnassero formalmente a mantenere le cose così come stavano, garantendo ai lavoranti la paga, una compartecipazione agli utili dell'industriato e, soprattutto, dignità di vita. Il Priore, persona molto amabile, dopo aver contattato i Maestri d'Ordine a Rio, accettò la proposta, e subito si andò dal notaio Orellana a redigere e poi a firmare l'atto di transazione per donazione, con tanto di sigilli imperiali: documento che venne sottoscritto per nostra parte dal Ronchi, l'unico di noi a saper tenere in mano la penna. In sei settimane fu compiuta ogni cosa, e, senza dare troppo nell'occhio, ci preparammo ad andarcene. Salutati tutti gli operai, presentati ai Gesuiti gli uomini di mestiere sui quali potevano contare per dirigere l'intera azienda, nella sala grande Giuseppe fece un discorso toccante, che l'intera comune era presente, e molti si misero a piangere, che io dovetti uscir fuori a prendere una boccata d'aria. Caricati i cavalli, prelevate le pietre preziose rimaste dal nascondiglio imboccammo la strada che conduceva alla Capitale, non senza un fondo di malinconia, ma consapevoli che solo la Chiesa, in quell'occasione, poteva darci certezza di continuità, essendo difficile da attaccare, anche per i faccenderi.» Il Compagnoni sorrise, e anche fra Martin, ogni volta stupito da ciò che quell'uomo, privo di istruzione, ma forte di un ideale, era riuscito a combinare alla faccia dei potenti.

XXVIII

«Ci riposiamo, monaco?» domandò il malato.

«Meglio di no, se voi potete» rispose il sacerdote «perché non sono in grado di dirvi per quanto ancora riusciremo a procedere. Non abbiamo più acqua, non abbiamo cibo, e io mi sento stanchissimo. La testa mi pulsa come un tamburo, e solo il concentrarmi sulla vostra storia e sulla scrittura riesce a non farmi pensare al peggio. Se voi continuerete nel dettare, vi faccio promessa di dare fondo a tutte le energie che mi sono rimaste, così da condurre a termine questo mandato.»

«Onoriamo, quindi, il resistere, che in vita non ho fatto altro. Forza, dunque, e che i morti ci assistano, così come il ricordo.

«Da Ouro Preto partimmo con 40 sterline, che il restante denaro lo depositammo nel fondo della Cassa di Mutuo Soccorso, e anche questo venne specificato su quella carta che custodisco nel primo cassetto del comò. E so, da fonti certe, che i Gesuiti di Ouro portano ancora avanti l'impegno sottofirmato, con zelo e umanità, e ciò mi fa morire più sereno.»

«Attendete un attimo, che sono bagnato di sudore e la schiena mi duole» disse fra Martin. E sfilatosi il saio, che l'afa era insopportabile, il monaco rimase con solo una pezza che gli copriva i genitali.

«Non vi sia di offesa per la mia identità di religioso. Rammento che, avvolto di uno straccio, andava anche un fratello di Majé, il quale aveva scelto la strada della povertà estrema e del disagio, ma venne richiamato dalla Autorità Ecclesiastica per pubblico scandalo e impudicizia, nonché per insulto all'Ordine di appartenenza. Egli vestiva conciato in tal modo, perché scendeva coi minatori nei cunicoli, e anche gobbo aveva cominciato a camminare, stando tutto il giorno piegato in quei budelli, portando amore e la parola del Cristo. Il fratello di Majé mai si sottomise alle imposizioni giunte dall'alto, e venne scacciato dall'Ordine e sospeso dalla Chiesa, ma continuò a scendere in miniera, con i modi, gli indumenti e la vita dei suoi compagni, solidale anche con i contadini. E in lui si era riversata la fiducia di centinaia di neri, indios, mulatti, i quali lo credevano insieme reincarnazione di Gesù il Povero e di Caganda, lo spirito buono delle radure e delle foreste. Un giorno lo trovarono ucciso da colpi d'arma da fuoco e si mormorò che fosse stata una vera e propria esecuzione, ordinata dai faccenderi e dal clero del luogo. Scoppiò una mezza rivolta, subito stroncata, e tre popolani furono uccisi dai gendarmi; ma il suo ricordo ancora rimane, che i miserabili hanno costruito una cappelletta votiva, più volte demolita dalle Autorità, ma sempre ricostruita, dove una sua statua di cartapesta, plasmata primitivamente, viene ancora venerata.»

«Poniti nell'abito come vuoi, frate» disse il Compagnoni «che sei libero di fare ciò che ti abbisogna. Io e la peste te lo concediamo... e anche il tuo Dio ti dà dispensa, che nudi si è nati e nudi moriremo. Bella, la storia che mi hai narrato. Vedi che, se t'impegni, sei in grado pure tu di raccontare? Perché il sacco delle memorie da lasciare è in tutti pieno... così come è pronto per essere svuotato, e di nuovo riempito.»

Ancora il Compagnoni si dovette fermare, perché una forte contrazione di ventre lo piegò in due, e rimase in tal modo abbandonato, senza che gli venisse il respiro. Il monaco gli si avvicinò con la boccetta dell'aceto e l'ammalato si scosse, riaprendo gli occhi opachi.

«Il male è un forte nemico, Martin» mormorò l'italiano, chiamando il frate per la prima volta col nome «il male tarda a inchinarsi alla legge del bene; ma non temere, questa lotta la stiamo combattendo assieme, che anche la morte si è trasformata in nostra alleata. Io non ho ancora l'intenzione di mollare, e tu mi reggi, e a tua volta questo compito ti sostiene.»

Fra Martin mormorò: «Più vi macerate, Luigi, più sento il desiderio di starvi vicino, più mi lego a voi, perché di voi non riesco a fare a meno. Per la prima volta, rimanendovi al fianco, mi sono sentito nel completo uomo... uomo portatore di significato e di fede. Per la prima volta ho compreso, nella realtà, che cosa racchiude in sé l'amare e il sacrificare se stessi per un'idea e, se da questa stanza uscirò salvo, saprò come in futuro comportarmi. Sarò degno del vostro insegnamento».

«Siediti, Martin» disse il Compagnoni «e scrivi ancora per me, che si vada a terminare il nostro testamento. Con Jolanda e Giuseppe ci stabilimmo a Rio, nella casa in cui siamo. Prima in affitto, per non destare sospetti, poi la comprammo. E anche di questa vendita, non appena io sarò morto, ti dovrai curare.

«Trovammo da smerciare anche le pietre restanti, che ricavammo 500 sterline d'oro, delle quali 450 le versammo al Banco dei Liberi Armatori in un conto con interessi, e 50 le tenemmo liquide, per qualsiasi evenienza.

«I nuovi documenti falsi ci davano una discreta copertura e pensammo di avviare un'attività che ci potesse fruttare altro denaro, sempre avendo come meta il tornare in Italia o il sovvenzionare, se si fosse presentato il bisogno, un qualsiasi moto rivoluzionario sociale. E tali progetti avevamo quali chiodi nella mente, che noi si viveva di poco e vedi la sobrietà di questa abitazione, che il nostro guardaroba si riduceva a ben misera eleganza.

«Solo a Jolanda regalammo qualche bel vestito, che una donna è giusto che tenga alla sua persona. Fu in quel tempo che il Ronchi m'insegnò a firmare, che io, come sai, non conoscevo le lettere. Mi allenai a tracciare quello che era il mio nome scritto, sia il buono che il falso, che riuscii a impararlo, così da aver accesso anch'io nella banca. Se avessimo avuto più anni davanti, forse avrei appreso come scrivere e leggere per intero, che Giuseppe si dimostrava un bravo maestro e, qualunque fratello di fede glielo chiedesse, era sempre disponibile a dare un aiuto. Visto che il porto di Rio stava ampliando i suoi impianti, e si andavano a costruire più vaste banchine, decidemmo di aprire una sorta di impresa di facchini, alla quale i lavoranti avrebbero partecipato con quote a loro intestate, in corporazione, così che l'azienda fosse di tutti, anche se il capitale iniziale eravamo noi a versarlo.

«In Rio, fino a quel giorno, il facchinaggio era in mano al caporalato, che faceva riferimento a due Società, una brasiliana, ma gestita da portoghesi, e l'altra inglese, con fondi imperiali. Non fu facile inserirsi da nuovi arrivati, che dovemmo mostrare i denti e anche le pistole, ma, considerato che poi non coprivamo un grande movimento d'affari, in ultimo la concorrenza ci lasciò una piccola fetta di lavoro, forse anche perché una mattina, preso da rabbia, ne feci una secondo il mio stile. Fiondatomi all'interno dell'edificio della Società Fulgente, quella tenuta dai portoghesi, a spintoni e a pugni giunsi fino all'ufficio del direttore, che buttai all'aria mobili e scartoffie e a lui sotto la gola puntai il coltello, senza dire niente, che quasi ci rimaneva steso, mentre con la pistola nell'altra mano tenevo a distanza i suoi sgherri. E ad armi spianate recitai in faccia a quel porco il mio nome, che non ci fu bisogno d'altro. Poi me ne andai, che così più nessuno venne a disturbarci, o a dare fuoco ai portoni dei magazzini, anche se qualche tafferuglio tra lavoranti di opposte casacche ogni tanto scoppiava, allorquando attraccava questa o quella nave, ma faceva parte del gioco. E poi nei porti, se non si tengono calde le mani, a volte la noia prende forma, che le scazzottate servono anche a portare alto lo spirito degli uomini, oltre all'orgoglio. Mentre il Ronchi come al solito gestiva e amministrava, e a fine anno divideva i ricavati fra tutti i lavoratori, che per vivere ricevevano anche un tanto al mese e nessuno moriva di fame, io mi aggiravo per Rio in cerca di adepti per la corporazione.

«Mi furono molto d'aiuto due italiani, massoni liberali che, entusiasti del nostro operato, investirono a loro volta, quasi a fondo perduto, una grossa cifra per acquistar macchinari, argani, funi, carrucole, pulegge, divise adeguate e anche berretti a sacco per i facchini. Costoro sono, se hanno scampato la peste, il Marco Ancisi, originario di Perugia, e l'Alfredo Settembrini, nato a Cuneo di Torino. Con quelli spesso ci ritrovavamo, che abbastanza forte divenne la Comunità Italiana di questa città, e molti dei membri sono della nostra stessa idea, che hanno sempre fornito una valida assistenza monetaria a chi continuava a lottare, alla luce o clandestinamente, contro gli oppressori della patria...

«Frequentavo anche i quartieri poveri, che portavo il verbo della riscossa, sempre con cautela, per non destare i mastini dell'Ordine Pubblico. Impiantai una scuola di capoeira, la danza-lotta che gli schiavi praticano al suono del berimbau, la viola a una corda sola; tramite i cui gesti armonici, le piroette, le capriole, le parate e i colpi d'attacco, chi si dedica a essa dice di venire a contatto con gli dei. Fu un modo per tenere assieme i giovani miseri, che non prendessero strade sbagliate come il furto, soprattutto se non motivato da ideali, l'assassinio a pagamento, la prostituzione, anche fra maschi, che eran tanti i viaggiatori, e in particolare provenienti dal Nord dell'Europa, che approdavano qui per cercare ragazzi femminei, o focosi stalloni neri, con i quali sessualmente intrattenersi. Il tutto filava bene, Jolanda brillava felice, e così noi altri, di riflesso a lei. Anche il Ronchi si trovò una morosa di sangue misto, di una bellezza celeste e insieme sensuale, come mai si era visto, che pure lei aveva fatto la vita. Giuseppe la ripulì con l'aiuto di Jolanda, le acquistò abiti di sobrio lusso e decidemmo di abitare tutti in questa palazzina, noi al piano di sopra e loro a quello di sotto. Ma la nostra convivenza felice di Rio non sarebbe durata.

«Venuti a conoscenza di un moto spontaneo nel quartiere di Santo Cristo, promosso da un certo Anisio il Carpentiere, che si era asserragliato con armi prese ai gendarmi in un'officina sulla

Cais do Porto con una ventina di operai che da sei mesi non prendevano il salario, noi subito ci precipitammo disarmati, assieme a parte dei nostri facchini, seguiti dai ragazzi della palestra, decisi di resistere passivamente, con atto inviolento per sostenere gli assediati. Come sbucammo all'inizio della via, fummo brutalmente ricacciati indietro dalla Milizia in divisa da guerra, che il Ronchi portava avanti a noi, issato su di una pertica, il nostro Tricolore, mentre cantavamo le canzoni dei moti del '31, che i brasiliani, non conoscendo le parole, ma a voce di naso, in coro muto, come succede nell'Opera teatrale, davano fiato ai polmoni con spettacolare tenuta di tempo. L'impressione fu grande, da fare impaurire i soldati, che, innervositisi, si prepararono a una seconda carica. Ancora respinti dagli armati imperiali e dai cavalleggeri a sciabole spianate, che noi non eravamo più di una settantina, dovemmo ritirarci alla spicciolata. Io fui salvo, mentre Giuseppe rimase indietro, e con tre dei nostri si trovò imbottigliato in un vicolo senza uscita.

«Quel che ora ti detterò, frate, mi è stato raccontato da testimoni oculari. Si era nel 16 di marzo dell'anno passato, il 1848, e la strage compiuta dagli sgherri della Corona Imperiale fu spudorata, che forse la peste è venuta anche per questo, o così mi piace di pensare.

«Annientati i pochi resistenti e portato l'Anisio sulla piazza di Gamboa, che venne impiccato con giustizia sommaria, la Polizia non si limitò a questo, ma andò a fare retate su retate, che oltre duecento furono gli incarcerati, così che il pretesto del moto servì al Governo per togliersi di mezzo le teste calde e i passionari. Il Ronchi, intanto, vedendosi senza via d'uscita, e con lui e i tre amici altri civili, uomini e donne, imbottigliati per caso, scorti i militari imbracciare i moschetti per fare fuoco, che anche innocenti avrebbero pagato ingiustamente, Giuseppe gridò ai soldati di prendere solo lui, e di mollare i restanti perché ignari.

«I soldati non sentirono ragioni, che non aspettavano altro, e diedero il via alla sparatoria. Il Ronchi cadde, mentre col suo corpo andava a proteggere quello di una donna. Dodici furono gli assassinati, che le femmine del Santo Cristo, per un mese, tennero alle finestre e ai balconi drappi neri, quali simboli di lutto e di protesta. Solo dopo due giorni dal fatto, presso l'obitorio di Rio, recuperammo il corpo del nostro compagno, caduto a 36 anni. Là era stato denudato e privato di ogni effetto personale, gli avevano tagliato le mani, per farci non sapemmo che cosa, che mai più le ritrovammo, e il suo volto era tumefatto e spropositаtamente gonfio, che i militari, dopo averlo ammazzato, avevano infierito a calci di stivali e a calci di fucili. La sua compagna, Florinda, vedendolo straziato in tal modo, ammattì, e qualche tempo dopo si suicidò, bevendo un litro di sodio per disinfettare, che il suo stomaco si disfece, tra urla che ancora mi dilaniano la mente. Seppellimmo il Ronchi con rito civile, ponendo i suoi resti fuori dalle mura cimiteriali, come la Chiesa ci aveva intimato, e ogni settimana gli portavamo rose e fiori, che una volta, nel baluginio delle lacrime, mi parve di vederli nei loro colori naturali.

«Senza di lui la nostra società minacciò di andare allo sfascio, che io non avevo la sua preparazione. E per fortuna che l'Ancisi e il Settembrini, assieme a un certo Fantini di Reggio Emilia, la presero in mano e la rilanciarono, mentre il sottoscritto si tirò da parte, anche perché ormai sospettato dalla Polizia Segreta, e perciò di pericolo all'impresa. Ma non potevo non dare risposta a tale ingiustizia, che lo spirito di vendetta mi ha sempre fatto friggere il sangue. Decisi di eliminare il Prefetto Imperiale Calderiso che aveva ordinato tutto il macello. Passò un mese, durante il quale preparai l'azione. Un gesto solitario, incisivo, pulito, senza che alcun altro dovesse rimetterci, che Jolanda mi stette vicino mentre mi concentravo, angosciata ma conscia che una risposta bisognava pur darla. E il colpo risultò invero eclatante, che tutti i giornali ne parlarono per settimane. Beccai il Calderiso mentre scendeva la scalinata innanzi al Tribunale.

«In vetta a un landò scoperto, tirato da una giumenta velocissima, mi gettai nella piazza antistante il pubblico edificio e, mentre con i denti tenevo le redini, riuscii a scaricare due luparate in pieno petto al Prefetto. Poi, non pago, mentre le sue guardie personali erano intente a reggerne il corpo, invertii la marcia e feci un nuovo passaggio, che questa volta le pallottole mi lambirono la testa, ma scaricai un altro fucile a canne mozze che mi ero portato, uno ne stesi, e uno ne ferii gravemente; poi diedi mano alle pistole, e giratomi, mentre la cavallina andava di carriera, sparai ancora uno, due, tre colpi in sequela, che ne feci fuori un altro, per poi dileguarmi, che nessuno aveva potuto riconoscermi, perché fin sopra ai capelli intabarrato.

«Nascoste carrozzella e giumenta presso alcuni amici facchini, che demolirono la vettura e portarono la cavalla fuori città, mi recai subito al Caffè Plaza, dove ordinai cioccolata in tazza e pasticcini, che subito gli scagnozzi della Polizia Segreta si fiondarono a casa mia, perché fra i tanti sospettati, e Jolanda disse loro che stavo in quel locale alla moda, che subito arrivarono per accertarsene, mentre io fingevo di leggere placido il giornale. Il cameriere era anch'egli un sovversivo e testimoniò che stavo parcheggiato in quel luogo da circa tre ore, e mai mi ero mosso. L'uccisione del Calderiso fu la mia ultima azione armata.

«Ho passato quest'anno spesso chiuso in casa, o recandomi al porto, dove mi sono rimasti molti amici, i quali mi chiamano "Mani Grandi", come poi era il mio soprannome in Italia, "il Manaccia".

«Ho smesso anche di frequentare la Comunità Italiana, per non creare spiacevoli situazioni ai miei compatrioti, che in parte sono anch'essi schedati e sospettati di perturbare la civile convivenza. Anche se ormai, Martin, la parola "civile" non sappiamo più cosa includa e cosa vada a significare.»

XXIX

«Trentacinque anni! E anche senza addosso la peste mi sento tanto invecchiato...»

Il Compagnoni tossì e fra Martin fu al suo capezzale.

Con un filo di voce disse: «Avverto in te, frate, una ritrovata energia. Ciò mi rende in ultimo felice, perché sono riuscito a donare qualcosa a un altro uomo, senza il bisogno di dover rubare o uccidere. Forse la mia vita aveva già concluso il suo ciclo, che la peste mi dà l'opportunità di fermarmi a pensare e a far luce, luce non sangue, su me stesso con il tuo aiuto. Ma ora scrivi, che più poco mi resta da campare».

Il religioso si mise a tavolinetto e con cura si preparò all'ultima dettatura.

«Giunto l'aprile scorso» avviò il Compagnoni «che mi trascinavo, perché privato dell'azione e del combattere e i ragazzi della scuola di capoeira ogni giorno mi venivano a trovare, oppure io andavo da loro, passando ore e ore nel vederli danzare, e anche imparai a suonare il berimbau, e così ero io a dare il tempo, attraccò in baia, nonostante le prime avvisaglie di pestilenza, che l'epidemia era già scoppiata, ma l'Amministrazione taceva, una nave di bandiera del Regno Sabaudo di Piemonte e Sardegna, che subito corsi per avere notizie dell'Italia, e per concordare un eventuale ritorno in patria. Il Capitano giungeva da Savona, e si dimostrò persona gentile e disponibile. Non essendoci notizia di peste né quarantena, mi fece salire a bordo, che a lungo chiacchierammo, e mi assicurò che, se nulla fosse successo di nuovo a impedirlo, avrebbe fatto navigare Jolanda e me verso l'Europa, non appena scaricate e ricaricate le stive. Fui anche da lui informato che tre mesi prima, a febbraio, Roma era stata presa dai repubblicani e dai liberali, e il Papa in fretta e furia era scappato, nonostante le ingenti truppe, anche mercenarie, che aveva schierato in campo. A capo della nuova Repubblica Romana c'erano il Mazzini medesimo e il Generale Garibaldi, che anch'egli qui, nel Nuovo Mondo, come noi ha combattuto, e il Saffi di Forlì, che a-

145

vevo conosciuto in Romagna, l'Armellini e, al Tesoro, il Manzoni, che a me prese quasi un colpo, sia perché mi fece piacere saperlo vivo e vittorioso, sia perché mio compaesano, già datore di lavoro, nonché fratello d'ideale. E non era finita, che anche a Milano erano scoppiati tumulti contro gli austriaci; e il Granduca di Toscana aveva dovuto concedere la Costituzione e dare il via al parlamento; mentre i Savoia, con Carlo Alberto, stavano preparandosi a muovere guerra contro l'Austria. E anche Venezia era insorta, con il Manin alla testa, e perdurava a resistere come Repubblica, che tutta la penisola ardeva di un fuoco solo, che gl'italiani si erano alla buon'ora scoperti di una razza medesima e di un nome, che dalle Alpi alle Sicilie un unico sangue pulsava, e un solo popolo voleva andarsi a costituire nazione. Ridotto in questo letto, mi sento vicinissimo a quelli, e lotto, e mi sbraccio al loro fianco, anche se solo la mente in ciò mi è strumento. Orbene, Martin, visto che la morte mi sta addosso e mi artiglia, veniamo a quello che desidero tu faccia, come giuramento me lo devi ribadire» così che il frate promise su Dio e sulla sua fede. «Come ti dissi, vendi questa casa e unisci il ricavato al denaro custodito nel Banco dei Liberi Armatori. Adesso dovrebber essere 600 le sterline, che nel secondo cassetto della credenza troverai il libretto del conto, dei depositi e dei frutti maturati. Prepara quindi una delega a tuo nome, che io te la firmerò per come sono capace, e fai presto, che ho il freddo in tutte le membra, e ormai sento un poco solo la testa e le parole.»

Il monaco preparò su un foglio a parte la delega in procura, con timbro del suo Ufficio, che lo rendeva esecutore testamentario del Compagnoni e, con estrema pazienza, perché l'ammalato era cieco, oltre che in fin di vita, lo aiutò a firmare tenendogli la mano.

Riprese a dire Luigi, che questo andò invece a verbale: «Un istante fa, monaco, sei divenuto me a tutti gli effetti, che ci siamo congiunti e sovrapposti, così come forse doveva succedere fin dall'inizio. Di nuovo mi affido a un uomo di Chiesa, come già feci a Preto, e spero che porti fortuna e stai quindi attento a quel che dirò, anche se potrà sembrarti contrario ai tuoi voti, o io approfittatore della tua fede, come non spero e non credo».

«E vostro fratello sono, in effetti» confermò fra Martin.

«Bene. Allora manda i soldi al Saffi, a Roma, che tramite quelli rinforzino il Governo che sono andati a istituire. Spedisci le monete al Saffi e al Manzoni, e lo stesso vale per questo verbale, che loro sappiano che in America noi abbiamo continuato a combattere per la causa comune, che non è valida solo per l'Italia, ma per il globo intero. Dello stesso verbale fanne una copia e spediscila al Papa, nel luogo in cui si è rifugiato, che anche lui venga a conoscenza di noi uomini semplici ma di spirito nobile e guerriero, che con Cristo e il Padre Eterno da tempo abbiamo litigato, ma forse la faccenda può un poco schiarirsi, con miglior conoscenza dei fatti e delle persone. Esegui il tutto, Martin, che 50 sterline sono per il tuo Convento e il tuo Ordine, da dare in beneficenza a chi sia diseredato e bisognoso. Il giuramento ti lega, così la fiducia che vengo a mettere nelle tue mani. Non ho altro da dirti, che forse ora per me il riaprirsi mio della memoria, di ciò che ho vissuto, potrà accogliermi in pace, non il Nulla, non la Bestia, fratello mio. Ho resistito, qui, all'oscurità del grigio e del viola, all'ignoranza, alla brutalità, all'incerto, alla malattia, all'inganno, all'insulto... senza piegarmi, e che il mondo si faccia fottere, che quel che potevo dare l'ho dato, e ciò che c'era da dire lo hai scritto. Che il Cornacchia, il Ronchi, Florinda, Jolanda... mi abbiano a ricevere come merito, che fino al termine della voce li ho ricordati e ho realizzato anche il loro volere, e non si possa dire che Luigi Compagnoni, detto "Manaccia", "Grandi Mani" al porto di Rio, non abbia rispettato gli altrui sentimenti, o sia mai fuggito davanti a un qualsiasi impegno a cui la vita lo ha chiamato. E che adesso, secondo natura, io venga a morire, che nel ventre di mia madre o di una madre di tutti tornerò a nuotare, perché la Romagna mi attende, Martin, e quelle colline, quei campi, quelle paludi, quel mare...»

Il malato reclinò il capo, abbandonando lungo i fianchi le braccia. Per dovere di uffizio il frate gli domandò all'orecchio se voleva l'Estrema Unzione.

Luigi sorrise, poi piano con una mano, tastata la bocca del religioso, per cogliere in essa il ritorno di un sorriso, esalò l'ultimo respiro. Mentre Martin lo teneva, Felícita in volo andò a posarsi sul capo del Compagnoni, poi su quello di fra Martin, e poi sul palmo della mano del giovane monaco, il quale l'accarezzò, prima che spiccasse l'ultimo balzo e uscisse dalla finestra in un frullo di ali.

Fuori il cielo era sempre grigio e viola. Si udirono dei passi, in rua do Samitra, dei passi cadenzati, e la melodia di una canzone, che si allontanava. Una canzone della quale il frate non riuscì a comprendere le parole, perché gli parvero in italiano, poi in portoghese, in dialetto indigeno, in francese, in inglese, in cento altre lingue. E si scosse.

Risedutosi al suo banchetto, sugli atti il religioso andò a scrivere, quale conclusione del verbale:

Rio de Janeiro, addì 7 giugno 1849

Al numero civico 178 di rua do Samitra, nella casa posta a lato della Chiesa della Santissima Annunciata, nell'ora che penso siano le quattro o le cinque dopo il Mezzogiorno, è spirato, per Peste delle Viscere, Luigi Compagnoni di quasi trentacinque anni, italiano di venuta, rifiutando i Cattolici Sacramenti, ma, dal sottoscritto fra semplice Martin de Campinas, assolto da qualsiasi suo peccato terreno. Conscio che questo scritto mai potrà venire accettato come Documento Ufficiale dai miei superiori, procederò personalmente, quale doveroso incarico e dietro giuramento, a farlo pervenire al Governo Repubblicano di Roma, assieme alla somma affidatami dal Compagnoni medesimo. Considerata tale disubbidienza, riferirò al mio Ordine, con altro verbale, che il malato poco o nulla ha detto, ma, quale compenso per la mia Confortazione, ha lasciato al nostro Convento la somma di 50 sterline, da devolversi in beneficenza. E che per tale mio peccato, di falsità e d'inganno, Dio mi abbia a perdonare. Questo stesso verbale, nel quale il vero risulta, verrà spedito anche al Santo Padre, non appena in grado di sapere dove Egli sia fuggito, e al Papa, come qui vado a scrivere, assicuro che, una volta sbrigate queste procedure, abbandonerò per sempre il modesto saio nel quale ho creduto, per riprendere la mia esistenza di comune mortale, privato delle Sacre Dispense e dei Sacri Voti, ma sempre in Fede di Dio e del Suo Figliolo Gesù Cristo, morto per noi sulla Croce. Ora vado a rileggere ciò che ho vergato, e che il Signore m'invii, in futuro, là dove Egli deciderà d'inviarmi. In piena Fede Cristiana, e con estrema dedizione di Uffizio, il sottoscritto fra Martin de Campinas, Cappuccino verbalista e scritturale.

NOTA CONCLUSIVA DELL'AUTORE

Fra Martin de Campinas come da promessa, cessata l'epidemia di colera e lui sopravvissuto, spedì due plichi in Italia, uno con il denaro e il verbale, l'altro con il solo verbale. Questi partirono il 30 agosto del 1849 su nave battente bandiera del Regno delle Due Sicilie, contenuti entro due scatole di legno, accuratamente sigillate con timbri ufficiali e poste sotto la segretezza di cui usufruivano gli Ordini Religiosi e la Santa Sede. Le scatole giunsero a Napoli il 12 novembre di quell'anno, quando a Roma, caduta dopo strenua resistenza la Repubblica, era già ritornato il Governo Papale e Pio IX si era di nuovo insediato quale Papa Re. Fra Clemente da Francavilla, responsabile dell'Ordine dei Cappuccini di Napoli, visto che un plico era indirizzato allo scomunicato Saffi e l'altro al Papa, senza rompere i timbri per porvi visione, e per non assumere alcuna responsabilità, lestamente inviò il tutto a Roma, considerandolo materiale troppo scottante per venire gestito dalle sue modeste mani. Nella Capitale dello Stato Pontificio, il Superiore Generale dell'Ordine, fra Greguoldo De' Fornaciari, anch'egli senza mettervi mano per i motivi suddetti, portò le cassettine di fretta e personalmente, con scorta di Carabinieri Pontifici, in Vaticano.

Nel dicembre del 1849, fra Martin de Campinas lasciò l'Ordine e i Voti e si recò in Amazzonia, dove passò il resto della sua vita prodigandosi in favore degli indios. Morì ucciso, in circostanze non del tutto chiare, nel gennaio del 1860.

Giacomo Maria Manzoni, mio antenato, dopo che quasi tutti i suoi beni vennero confiscati dal papato, divenne nel 1849 Ministro del Tesoro della Repubblica Romana, voluto dal Mazzini e dal Saffi. Caduta Roma, andò di nuovo in esilio.

Oggi, in San Lorenzo in Selva, frazione del Comune di Lugo di Romagna, in provincia di Ravenna, non dimora più alcun pronipote di Luigi Compagnoni.

Devo un doveroso ringraziamento alla memoria del dott. Alteo Dolcini di Faenza, scomparso nel settembre del 1999, il quale, per amicizia, nel 1993 mi fece pervenire il saggio *L'esilio in Brasile dei detenuti politici romani (1837)*, curato da Elio Lodolini, da cui ho tratto nomi, personaggi, eventi e rimandi bibliografici.

Altre fonti italiane dalle quali ho attinto sono: *La spedizione dei deportati politici in Brasile nel 1837*, di Renato Lefevre, *I forlivesi nel Risorgimento Nazionale da Napoleone a Mussolini*, di Antonio Mambelli, e la *Storia della colonizzazione europea al Brasile e della emigrazione italiana nello Stato di S. Paulo*, di Vincenzo Grossi.

Fonti in altra lingua sono state: *A History of Brazil*, di E. Bradford Burns, *Empire in Brazil*, di C.H. Haring, e *Rebellion in the Backlands (Os Sertnes)*, di Euclides da Cunha.

Un grazie particolare ai funzionari addetti alla Cultura dell'Ambasciata del Brasile in Italia, per la gentilezza e la disponibilità dimostrate nei miei confronti, al dott. Ignazio Lambertini Socos, bibliotecario e storico in Salvador de Bahia, al dott. Benedetto Greco e al dott. Domenico Bulgarelli Cespi, catalogatori presso gli Archivi Vaticani.

Un ricordo infine ad Albert Caraco, filosofo e letterato.

E un bacio a Mina.

G.R.M.

L'AUTORE

Poeta, narratore, pittore, teorico d'arte, Gian Ruggero Manzoni, uomo dall'esistenza oltremodo avventurosa, ha pubblicato con numerosi editori, italiani e stranieri. Alcuni titoli dalla sua multiforme produzione: *Pesta duro e vai trànquilo. Dizionario del linguaggio giovanile* (1980), *Il dolore* (1991), *Caneserpente* (1993), *Peso vero sclero. Dizionario del linguaggio giovanile di fine millennio* (1997), *Il morbo* (2002), *La Banda della Croce* (2005), *Tutto il calore del mondo* (2013), *Briganti. Saracca & Archibugio* (2015), *La torre* (2016). Nel gennaio 2019 il giornalista e scrittore Pier Paolo Giannubilo ha pubblicato, con Rizzoli, un intenso romanzo verità titolato *Il risolutore*, la cui protagonista è la vita del nostro autore.

www.ingramcontent.com/pod-product-compliance
Lightning Source LLC
Chambersburg PA
CBHW071259130626
46556CB00003B/1390